INQUIÉTUDES

© Jacques Timmermans, Éditeur – Ittre, Belgique
ISBN 978-2-9602451-0-3

JACQUES TIMMERMANS

INQUIÉTUDES

Nouvelles fantastiques
et de science-fiction

« Toujours l'inquiétude au bonheur est unie,
tant à se tourmenter l'homme heureux s'ingénie ! »

Les sentences et maximes,
Publilius Syrus (1er s. av. J.-C.)

LE CRIME PARFAIT

Ce soir-là, vers 23 heures, ainsi qu'il en avait pris l'habitude à peu près une fois par mois, monsieur Albert X. quitta son domicile avec la ferme intention de tuer (étant donné que notre récit pourrait faciliter l'identification du personnage et qu'une enquête judiciaire est toujours en cours à son sujet, le lecteur comprendra aisément que nous ne puissions dévoiler ici son identité).

La fin du délai approchait et A.X. ne pouvait prolonger l'attente plus longtemps sans risques pour sa propre personne. Il savait trop bien, pour y avoir été confronté à plusieurs reprises, ce qu'il lui en coûterait de retarder l'échéance. Il hésita un bref instant en montant dans sa voiture, scruta minutieusement les alentours, puis fit claquer la portière et démarra en douceur.

*
* *

Dès sa plus jeune enfance, le petit Albert avait connu l'ennui. Son père d'abord, puis sa mère, les proches et ses amis, avaient dû peu à peu renoncer à

1

vouloir l'amuser. Rien ni personne ne parvenait à le dérider.

« Cet enfant est un solitaire », en avaient conclu les parents. Ajoutant pour leur bonne conscience, et à qui voulait l'entendre, que cela témoignait souvent d'une intelligence supérieure.

Albert, qui était effectivement intelligent, comprit très vite que son comportement n'était pas dans la norme et en hérita une certaine culpabilité. Elle ne fit que se renforcer avec l'âge, et son intégration sociale se révéla très rapidement un échec total.

Pour tenter de combler les longs moments de solitude, il avait essayé tous les jeux de la terre : ceux d'adresse (stupides), de concentration (enfantins), de société (dérangeants), de patience (trop faciles)... Il n'en avait trouvé aucun à son goût. Ou plutôt à sa hauteur, digne de son intérêt. Un divertissement susceptible de requérir autant d'effort mental que physique et qui aurait pu ramener le parfait équilibre entre son corps et son esprit.

Il avait même dû renoncer aux jeux de l'amour. Non pas qu'il se sentît incapable d'aimer ou que les filles lui déplaisent, mais en raison de l'état d'abattement total, quasi mortel, auquel il succombait toujours après l'accouplement.

Cela commençait invariablement par de fulgurantes douleurs dans le haut de la nuque. Elles irradiaient peu à peu jusqu'à vouloir lui pousser les yeux et les tympans hors du crâne. Ensuite, lorsque la douleur regagnait un seuil plus tolérable, c'étaient de véritables pensées suicidaires qui inondaient son esprit et, à chaque nouvelle expérience, il sombrait plus profondément encore dans son isolement.

Il consulta, comme on dit, mais ne trouva aucun spécialiste suffisamment qualifié ni la moindre médication à la hauteur de son mal. Après sa dernière rupture amoureuse, et la longue période de dépression qui s'ensuivit, il prit par conséquent le parti de mener sa vie en accord avec l'enseignement tiré du bon sens de l'éducation parentale : « Je suis un solitaire, et c'est parfait comme ça, car je n'ai besoin de personne. »

Albert termina sans effort, et sans éclat, des études supérieures passe-partout, opta pour une profession de subalterne sans prétention ni avenir au service d'une fourmilière anonyme, et confia de plus en plus à l'ennui le soin de meubler passivement ses loisirs.

Et soudain, la délivrance.

Il ne gardait aujourd'hui le moindre souvenir du pourquoi ou du comment lui était venu son intérêt pour l'acte de tuer. Ou peut-être que si, vaguement. Mais il préférait ne plus y penser.

Par contre, il se rappelait assez bien de quelle façon cet intérêt s'était peu à peu transformé, au travers de ses lectures et presque en toute innocence, en une passion dévorante qui ne cessa dès lors de le hanter nuit et jour.

Il comprit, mais trop tard, que plusieurs de ceux qu'il considérait comme ses écrivains préférés du crime n'étaient en réalité que des meurtriers déguisés, de véritables malades mentaux pour lesquels l'écriture constituait la seule thérapie envisageable et l'unique rempart contre le passage à l'acte.

Mais comment aurait-il pu lutter, dans son état de solitude extrême, face à autant d'amis lui offrant leur compagnie ? La magie des mots écrits s'était opérée et il lui arrivait maintenant régulièrement de confondre l'imaginaire et la réalité.

Bientôt, il lui fallut lire davantage, connaître d'autres façons de tuer. Comment faisait-on ailleurs, autrefois ? Jusqu'où la perversité et le raffinement morbide pouvaient-ils entraîner la soif de tuer ?

La perfection de l'acte l'intéressait au plus haut point. À chaque nouvelle intrigue criminelle qu'il se faisait fort de démêler, la logique supérieure de son esprit aiguisé repérait avec une rapidité inouïe les failles probables du scénario.

Il en vint très rapidement à élaborer une théorie tout à fait personnelle sur le sujet. La méthodologie parfaite du meurtre sans coupable apparent.

L'acte parfait impliquait qu'il n'y eût aucune préméditation, aucun motif, voire aucune volonté expresse de tuer, sinon au tout dernier moment. La victime devait obligatoirement être prise au hasard, ainsi que le lieu et l'instant. Pas d'arme sur soi, mais, si nécessaire, un objet banal doté d'un certain potentiel meurtrier et dont on se saisissait à la dernière seconde sur les lieux mêmes du futur crime. Une paire de gants, agir promptement, ne pas laisser d'indices.

Surtout ne pas chercher à connaître la victime, ni au moment même, ni jamais. Il était donc nécessaire que le doute subsiste, après coup, quant au succès de l'opération. Car le seul fait de consulter le journal du lendemain aurait corrompu irrémédiablement le meurtrier et introduit une faille dans la perfection.

Le passage de la théorie à la pratique était inéluctable. Il vint naturellement. Et fortuitement, comme l'imposait le jeu.

Accomplir la chose interdite s'avéra d'une facilité déconcertante. La victime mourut proprement, sans un cri. Et le bonheur fut total, paroxystique. Le soupir final dans lequel le mourant projeta son ultime souffle de vie retentissait encore glorieusement aujourd'hui dans l'esprit d'Albert. Il s'abreuva jusqu'à la dernière goutte de cette existence qui s'échappait de son enveloppe, opérant un véritable transfert d'énergie qui lui saoula intégralement les cinq sens.

De cette première expérience, totalement réussie, naquit immanquablement l'addiction. Une dépendance véritablement physique qui, si elle n'était pas très régulièrement assouvie par de nouveaux jeux de sacrifice, lui causait les pires troubles somatiques.

Il décida de ne pas perdre la moindre seconde à réfléchir aux conséquences probables de ses forfaits répétés, ni même de reconsidérer les aspects négatifs de sa nouvelle personnalité, car il lui était devenu tout bonnement impossible de s'arrêter.

Les victimes ponctuaient maintenant son existence avec la régularité d'un métronome. Un jour pourtant, en guise de consolation à ses petits tracas moraux, il lui vint à l'esprit qu'il était tout compte fait parvenu à établir avec ses semblables une certaine forme de relation sociale, autrefois si cruellement absente de ses occupations. Des contacts à chaque fois de courte durée, bien sûr, avec les différentes victimes qu'il était amené à rencontrer, mais tellement variés et chargés d'émotions pures que cela en compensait largement la brièveté.

En définitive, même si accessoirement il ne pouvait citer leurs noms ni leurs prénoms, il était déjà *entré en contact* avec beaucoup plus de gens d'horizons différents que n'aurait pu s'en vanter le commun de ses concitoyens.

*
* *

Il devait être près de 23 h 30 lorsqu'Albert X. abandonna son véhicule à l'angle de la rue Natan et du boulevard des Impressionnistes. Il choisit intentionnellement, comme aux autres occasions, un quartier grouillant de monde et à grand trafic, afin de réduire au minimum le risque d'être remarqué. De là, il partit à pied, au hasard, puis grimpa dans le métro, sans en connaître la destination, changea après un quart d'heure pour un autobus, toujours sans but précis, et descendit finalement à la limite de la ville.

En s'écartant du centre, les maisons étaient devenues plus petites, mal éclairées, et les ruelles de plus en plus étroites. Une autre fois, se dit-il, il faudra que j'essaye un quartier chic. On peut tout autant y circuler la nuit sans risque d'être inquiété. Mais pour l'heure, le hasard l'avait conduit ici, et comme il ne connaissait rien des alentours, l'endroit semblait parfait pour sa mission. Le jeu pouvait commencer.

Il se mit alors à déambuler calmement dans les rues désertes. Lorsqu'un obstacle infranchissable se présentait devant lui, il bifurquait sans réfléchir suivant un angle opposé. Un peu comme l'aurait fait une bille propulsée au hasard dans un gigantesque flipper. Parfois, bien sûr, il devait revenir sur ses pas. Mais peu lui importait le trajet, seule comptait la rencontre. La première personne solitaire qu'il serait amené à croiser deviendrait la victime fortuite.

Après quelques minutes à peine de cette marche chaotique, il sentit la tension monter et son esprit se vider des dernières pensées logiques. Les muscles détendus, prêts à bondir, le souffle posé et tous les sens aux aguets. Comme un prédateur dans la forêt hostile, tueur obligé, se mettant en chasse la nuit sans plus savoir si c'est uniquement par besoin de manger ou inexorablement poussé par l'instinct aveugle de son espèce. Même le chat bien nourri ne peut s'empêcher de croquer la souris.

Cet instant déterminait à chaque fois son entrée en communion parfaite avec le jeu. Très souvent, après l'acte fatal, il ne se souvenait plus d'aucun détail. Ni de l'endroit ni de la proie. C'était vraisemblablement en raison de cette amnésie passagère qu'il conservait une santé mentale presque parfaite en dehors des périodes de jeu. Mais aussi qu'il retrouvait, à chaque nouvelle expérience, la fraîcheur virginale et l'émotion extrême de la toute première fois.

Il était parvenu à mi-chemin d'une ruelle sans issue lorsqu'il sentit une présence proche. Puis, seulement, il aperçut le gibier. Il s'arrêta net.

C'était une jeune fille, pas encore la vingtaine. Elle sortait d'une maison et ne pouvait venir qu'à sa rencontre. Elle ne l'avait pas encore remarqué. La ruelle était plutôt sombre (c'était souvent le cas dans ses lectures).

Il s'efforça de réduire les bruits internes de son cœur et de sa respiration afin de percevoir plus distinctement les sons du dehors. Personne aux alentours. Il fallait faire vite maintenant.

Il scruta rapidement le sol du regard et repéra un pavé mal enchâssé. Il le saisit et, s'étant redressé, il ramena nonchalamment le bras le long du corps et se remit en marche vers l'impasse. La proie n'était plus qu'à quelques mètres. Il tenta de percevoir son odeur. Elle le frôla presque en passant à ses côtés. Il fit volte-face et sa main, fermement agrippée au pavé, s'abattit sur le crâne de la fille. Instantanément, il sentit que son bras ne rencontrait aucune résistance, comme si la victime s'était évaporée. Mais il était trop tard et, emporté par le poids du pavé, il s'affala de tout son long sur le trottoir.

— Bonjour ! fit une petite voix guillerette derrière lui. J'ai cru un instant que vous passeriez sans m'apercevoir.

A.X. sursauta d'effroi. La rue était déserte quand il s'y était engagé. Il ne pouvait y avoir quelqu'un dans son dos, sinon la victime elle-même. Et celle-ci devait à présent avoir rejoint l'au-delà.

— J'ai dit bonjour, répéta la voix avec insistance. Ah non, ne me faites pas croire que vous êtes muet ! Pas d'entourloupette, hein ? Finissons-en rapidement, j'ai encore du travail, moi, ce soir.

A.X. tourna péniblement la tête et reconnut la jeune fille qu'il venait de tuer. Le choc fut terrible. Du guerrier-chasseur qu'il était encore quelques secondes plus tôt, il réintégra sans transition le statut de monsieur Albert X., citoyen vertueux, confronté à une réalité insoutenable.

— Mais je ne vous connais pas, balbutia-t-il pour toute réponse.

— Je m'en doute, répondit la fille. Et c'est bien pour cette raison que je suis là. Vos manières manquent grandement de correction. Je le pressentais bien un peu, notez !

Elle marqua une courte pause en dévisageant A.X. d'un air réprobateur.

— Et j'aurais juré que vous porteriez un chapeau. C'est étrange, oh, mais vous ne portez jamais de chapeau ?

A.X. resta cloué sur place sans pouvoir répondre le moindre mot. Ses yeux s'arrondirent à l'extrême en signe d'incrédulité.

— Ah ! excusez-moi. Quelle impolitesse de ma part ! En effet, je ne me suis pas présentée. Je suis Aline, la contrôleuse des spirales secondaires.

Comme son interlocuteur demeurait toujours prostré au sol, elle se courba vers l'avant en pliant les genoux et, le nez pointé à hauteur du visage d'Albert, elle répéta sur un ton d'agacement :

— Je suis votre con-trô-leu-se ! Allô, allô la Terre, y a-t-il quelqu'un là-dedans ?

Oh ! non... une droguée ! réalisa soudain A.X., et cette inquiétante perspective réenclencha au même instant son mode de pensée logique.

Pour esquiver mon coup avec une telle rapidité, jugea-t-il, elle doit avoir ingurgité des amphétamines à dose d'éléphant. Et ses réflexes décuplés la rendent vraisemblablement invulnérable. Quel désastre !

Il tenta de bouger la main pour lâcher discrètement le pavé et prit alors conscience que ses doigts étaient douloureusement comprimés au sol par le poids de l'objet. Il bascula doucement le pavé pour dégager sa main et nota un curieux dessin gravé sur la face supérieure, une sorte de symbole traversé par une flèche et servant probablement de repère pour un jeu d'enfant.

Devant lui, la fille s'était remise debout et piétinait d'impatience, jetant par moments sur sa personne un regard fiévreux mêlé d'irritation.

Oui, aucun doute, poursuivit mentalement Albert. Les symptômes sont clairs. Il faut que je m'en débarrasse au plus vite, sinon elle va ameuter tous les toxicomanes du quartier. Tant pis pour l'expédition de ce soir.

— Voilà, dit-il finalement, en forçant sa voix au calme, j'ai malencontreusement buté sur un relief du sol. C'est idiot. Je vous prie de bien vouloir m'en excuser et, si par malheur cet incident a pu vous causer le moindre désagrément, j'ai sur moi un peu d'argent qui...

— Taratata ! petit farceur, coupa la fille. Ce n'est pas à vous de m'apprendre ce qu'est un incident.

Et n'essayez pas de filer, je vous répète que je suis ici pour un travail. Il faut que je vous reprogramme, mais comme je ne sais malheureusement pas encore de quelle manière je vais procéder, il va vous falloir un peu de patience.

A.X. dissimula avec peine une grimace de dépit. Cette folle était encore plus allumée qu'il ne l'avait cru au premier abord. Vouloir le reprogrammer, quel délire ! Il n'allait donc pas pouvoir s'en débarrasser aussi facilement.

Il faut que je fasse semblant de m'intéresser un moment à son histoire, réfléchit-il, et lorsqu'elle se sera un peu calmée, je pourrai m'éclipser en douce. Demain elle ne se souviendra même plus de mon visage. Mais à ce stade, pas un geste, sinon elle risque de s'effrayer. Il inspira profondément et trouva dans l'air frais un peu de force pour réattaquer.

— Ainsi vous contrôlez les spirales, ai-je cru comprendre ?

— Oui, les spirales, enchaîna Aline sans méfiance, et en cet instant précis, surtout la vôtre. Ce n'est bien sûr qu'une représentation schématique, et donc *réductrice* comme l'on dit aujourd'hui. Mais une spirale modélise tout compte fait assez fidèlement la trajectoire que vous poursuivez.

— Que je poursuis... ? répéta A.X., d'un air faussement captivé.

— Oui, c'est bien cela ! Ce n'est pas très compliqué. Vous brûlez évidemment les étapes avec vos questions, mais comme je comptais de toute manière vous l'expliquer, allons-y.

À la base, il y a un point : vous. Ou plutôt, le premier événement qui détermine votre existence. Chaque être vivant a son point de départ, vous vous en doutez. Et à partir de là, les événements s'enchaînent comme des wagonnets en décrivant une spirale primaire. Cette voie prétracée est relativement inaltérable et contient toute l'information de base de votre avenir. À peu de choses près, c'est la chronique racontée jour après jour de l'histoire programmée dans vos gènes.

Votre petit train de vie avance sur la voie et consulte au fur et à mesure le détail des tâches à concrétiser. L'âge de votre première dent, l'arrêt de croissance des cellules cérébrales, une calvitie peut-être, c'est le cas pour vous, assurément, et ainsi de suite jusqu'à la mort. Les conditions extérieures peuvent altérer un peu le déroulement de l'histoire, mais, globalement, votre route primaire est solide et toute tracée.

— En forme de spirale ? coupa A.X., encore moins intéressé qu'auparavant. Mon stratagème fonctionne à merveille, remarqua-t-il. Elle est intarissable, poursuivons. Mais bon sang, où va-t-elle chercher matière à de telles absurdités ? Cette toquée aurait sérieusement besoin qu'on la soigne au plus...

— Oui ! De la base, les événements s'écartent progressivement en un cercle de diamètre croissant. Vous fuyez votre point d'origine en tournant autour, régulièrement et un peu plus loin à chaque tour. Car jamais vous ne devez croiser votre passé, cela va de soi.

Ah, j'oubliais, suis-je distraite ! Votre spirale monte aussi verticalement. Un peu comme un typhon s'élargit de sa base vers le haut, si vous aimez les images simples. Et votre ascension verticale marque la progression du temps. Après chaque nouvelle rotation, vous êtes un peu plus haut, et dès lors un peu plus vieux. Tous les points situés à une même hauteur sont des individus dont le présent coïncide.

Bien sûr, comme le diamètre des révolutions va croissant, vous tournez très vite et montez très rapidement au départ, près du pôle, puis de plus en plus lentement en vous éloignant. On vieillit beaucoup plus vite lorsqu'on est jeune, cela a dû vous frapper. Et aujourd'hui le temps vous paraît déjà long. Demain, les journées vous sembleront interminables.

La fille marqua une pause, comme si elle attendait une confirmation de ses dernières paroles.

— Euh, bien sûr... c'est évident, fit A.X. machinalement.

Le temps commençait à lui paraître long, en effet. Prendre congé à ce stade aurait certainement été prématuré, mais, en prenant garde d'éveiller l'attention de la folle, il pouvait néanmoins s'y préparer peu à peu. Il bascula lentement le poids de son corps du côté de son bras valide et, y prenant appui, il se redressa péniblement sur ses jambes.

— Ah ! vous voyez que j'ai raison, s'égaya la fille.

Déjà, elle reprenait avec exaltation son sermon sans queue ni tête et ne semblait même pas avoir perçu que son agresseur s'était remis debout.

— Pourtant, vous n'auriez jamais pu deviner tout seul que, si l'on exclut l'intervention des événements extérieurs, la longueur du fil d'une spirale primaire est identique pour tous les individus d'une même espèce. Hein, réfléchissez ?

Eh bien, oui ! je le confirme. Une même vie pour tous. Mais pas nécessairement la même période de temps écoulée. Vous gardez une certaine liberté, minime, mais réelle, sur la façon dont vous pouvez dépenser votre capital de départ. L'amplitude du mouvement circulaire, la vitesse d'enchaînement des wagonnets, et par conséquent l'intervalle de temps entre la base et l'apogée.

Vivez à cent à l'heure, brûlez la chandelle par les deux bouts, et vous serez plus rapidement au sommet. Montez en pente douce, sans empressement, en profitant du paysage, et vous mettrez plus de temps pour atteindre le bout du fil. Ce n'est pas le bagne, à chacun son style.

À nouveau la fille s'interrompit. A.X. s'abstint d'intervenir et approuva juste d'un signe de la tête. Il ne fallait plus perdre trop de temps à présent.

— Ce serait aussi simple que cela, mon bon Monsieur, s'il n'y avait une profusion de petites spirales secondaires qui naissaient à tout moment sur le fil de votre existence. Vue de loin, votre spirale primaire conserve une forme assez pure. Votre vie organique n'est pas fondamentalement altérée par le monde du dehors. Mais à y regarder de plus près, le wagon du présent bourgeonne de milliers de petites existences spiralées qui se succèdent au gré des collisions avec les événements extérieurs. C'est précisément à ce niveau que j'entre en scène.

Aline exécuta une singulière pirouette qu'elle conclut avec légèreté par une révérence à l'attention d'un public imaginaire.

D'une enjambée, A.X. s'était discrètement reculé, craignant qu'elle ne se mette à faire des bonds ou des moulinets et ne le blesse par inadvertance. Cette cinglée en était parfaitement capable ! Il était d'ailleurs assez inimaginable qu'à son stade on ne l'ait pas déjà enfermée pour de bon. Il se sentit du coup plus rassuré en l'entendant reprendre son bavardage inoffensif.

— Imaginez qu'à chaque fois qu'un événement extérieur vient toucher votre spirale primaire, elle donne naissance au pôle d'une nouvelle spirale, beaucoup plus petite, sur laquelle vous vous engagez en déviant légèrement de votre course initiale. La base se greffe sur l'instant présent de la spirale précédente et l'accompagne à tout jamais dans son ascension.

Le fil de votre spirale secondaire toute neuve représente les nouvelles données de votre futur prévisible, souvent pour très peu de temps d'ailleurs, car un autre événement vient bientôt créer une nouvelle spirale secondaire, autre futur qui vous force à abandonner le précédent. Je vais prendre un exemple, vous allez vous régaler ! (elle jubilait à présent).

Ainsi, il suffit que vous deviez refaire le lacet de votre chaussure droite un matin, pour que vous manquiez de peu l'autobus dans lequel se serait trouvée votre future épouse qui vous aurait donné, pour troisième fils, le père en herbe du président mondial qui déclenchera un beau jour la guerre totale et la fin de votre civilisation.

Ouf, on l'a échappé belle, me direz-vous ! Oui, mais tout ceci aurait néanmoins pu arriver si le conducteur de l'autobus que vous avez raté s'était cassé un ongle en ouvrant sa bouteille thermos à l'arrêt précédent, ce qui l'aurait immanquablement retardé et vous aurait dès lors conduit dans les bras de votre dulcinée, ainsi que le monde à sa perte.

Vous voyez, conclut Aline joyeusement, comment le résultat d'une action façonne le cours de l'événement suivant. Tout est lié par le même fil. De plus, elles sont sans doute petites, mes spirales, mais elles ne manquent pas de vigueur, hein ? Et l'on comprend toujours mieux avec un exemple, n'est-ce pas ?

A.X. trépignait d'un pied sur l'autre, incapable de dissimuler son exaspération. À tel point que la fille nota son changement d'attitude.

— Vous ne dites rien ? Je vous sens tendu, même un peu contrarié. Oh, mais ! ne me dites pas que c'est mon histoire qui vous tourmente ? J'ai tout inventé, rassurez-vous, l'autobus et le reste. Je vous le jure, foi de spirales ! C'est logique, souvenez-vous. Dans votre cas je ne peux encore rien prédire à long terme, puisqu'il faut que je reprogramme un solide morceau.

A.X. resta silencieux. Au demeurant, il ne savait plus quoi répondre à de telles divagations.

Le visage de la fille se fit soudain plus grave.

— Je n'ai pas pour habitude d'intervenir. D'ordinaire, je supervise simplement, mais, parfois, lorsque l'équilibre est menacé, il m'est nécessaire de bidouiller quelques spires afin de remettre de l'ordre. Les spirales secondaires sont continuellement sollicitées, c'est effrayant ! Les interactions avec le monde réel, l'influence des circonstances extérieures, les multiples rencontres avec les spirales des autres. Comme entre la vôtre et la mienne, par exemple. Vous suivez ? Et c'est d'ailleurs de cette rencontre que devait s'ensuivre ma mort, si ma lecture de votre dernière spirale est correcte.

A.X. crut défaillir pour de bon. La tête lui tourna brusquement et il dut s'adosser au mur pour ne pas tomber. Alors qu'il pensait un instant plus tôt que son problème était en bonne voie de résolution, voici que resurgissait du passé le plus horrible souvenir de toute sa carrière de meurtrier. Son premier échec en matière de crime parfait, quelle abomination ! Doublé d'une victime dont il ne parvenait pas à se dépêtrer.

Avait-elle réellement décelé son intention avant qu'il ne trébuche ? Non, impossible ! Les propos de cette malade étaient vraisemblablement une pure coïncidence et, même si ce n'était pas le cas, il était allé trop loin dans le mensonge pour s'en sortir autrement qu'en continuant de bluffer. Il devait être capable de lui tenir tête.

— Je ne sais d'où vous vient cette effroyable idée, dit-il posément, mais je vous répète que j'ai maladroitement buté sur un relief du sol et que je n'ai jamais eu la moindre mauvaise intention à votre égard.

— Et le gros caillou que vous teniez il y a un instant dans votre main, monsieur A.X., c'était un souvenir de vacances peut-être ? Vous êtes trop drôle !

Albert jeta un coup d'œil en coin à sa main droite, vide, mais incontestablement contusionnée, et réalisa brusquement que la fille venait de mentionner son nom.

— Vous me connaissez ? bredouilla-t-il, tout en cherchant dans ses souvenirs quelques indices de déjà-vu.

Allez ! Trêve de cachotteries, reprit la fille. Vous vouliez me tuer, n'est-ce pas ? Vous êtes bien le monsieur A.X. que je recherche, il n'y a aucun doute. Même sans chapeau. Mon fichier est formel. Je suis la contrôleuse, ne l'oubliez pas.

— Vous me recherchez... votre fichier ? Mais c'est impossible, fit A.X., de nouveau au bord du désarroi. C'est au contraire moi qui vous...

— Vous qui quoi... ? Bien sûr que je vous recherche, car vous faussez les règles du jeu. Et depuis pas mal de temps, à vrai dire. Vos trucs à répétition, c'est interdit, nom d'une spire ! Vous devriez pouvoir l'admettre à présent.

Et soudain, en croisant furtivement les yeux de la fille, A.X comprit l'erreur de son premier jugement. Quelque chose dans son regard trahissait l'escroquerie.

Sous le coup de l'émotion, il s'était laissé duper par les apparences. Mais, à présent, les choses devenaient plus claires. Cette fille n'était assurément pas une droguée ni une folle, bien au contraire. Excentrique, peut-être, mais pas folle. Et toutes ses manigances avaient sans nul doute un dessein pas très reluisant dont il était l'objet. Avec un peu de logique, il devait pouvoir déjouer le piège.

Voyons, réfléchit-il, elle connaît mon nom et semble être au courant de mes expéditions. Toutes ? Cela m'étonnerait. Peut-être m'a-t-elle aperçu une nuit et depuis lors elle m'observe, guettant le moment propice pour se manifester et me soutirer probablement quelques avantages. Non, ce n'est pas une folle. Elle serait même plutôt diaboliquement maligne, et sacrée comédienne de surcroît. Il faut que je manœuvre habilement.

— Oh ! là, vous dormez ? s'énerva la fille.

— Euh, non ! Je réfléchissais à votre problème, mais je vous avoue ne pas bien saisir en quoi je pourrais vous être utile.

Du reste, je sais pertinemment bien qu'il est interdit de tuer, ajouta Albert avec dignité, mais dans le cas présent je puis vous assurer que vous vous méprenez sur mes intentions. Il s'agit d'un incident stupide qui, fort heureusement, se termine sans gravité.

Et je sais maintenant ce qu'il me reste à faire, poursuivit-il intérieurement. D'ici quelques minutes, je file à toutes jambes et tu peux toujours essayer de me rattraper, petite garce. Ensuite, je te prends discrètement en filature jusqu'à ce que tu m'indiques où tu te caches. À chacun son tour ! Et à la première occasion, par surprise, j'expédie le problème à ma façon. Tant pis pour cette petite entorse à mon palmarès des crimes parfaits. Tu l'auras bien cherché !

— Non, non, coupa-t-elle sèchement, vous ne me comprenez pas. Je ne parle pas de l'interdiction de tuer, cela ne regarde que vous. Mais tuer sans raison, au hasard comme vous le dites, cela ne se fait pas. Vous fichez la pagaille dans mes statistiques et me voilà obligée d'intervenir.

— ... vos statistiques, fit A.X. d'un air faussement intéressé. Il glissa doucement d'un pas vers la droite pour sortir du champ de vision de la fille.

— Ah ! mais oui, ne croyez pas que je plaisante, monsieur A.X., ceci est extrêmement sérieux, au contraire. Voyez-vous, pour la plupart des individus du genre humain, le hasard n'intervient habituellement que très peu dans leurs relations. Les spirales ne se croisent pas sans raison. Il y a toujours, si l'on y regarde de plus près, un indice du passé qui explique leurs rencontres futures. Un lointain ami commun, la même gardienne de crèche... « Le monde est petit », dit la sagesse populaire. Et croyez-moi, elle ne se trompe pas. J'ai des chiffres, c'est mon métier. Le vrai hasard est extrêmement rare, et votre existence devrait être essentiellement prévisible. À mon échelle, du moins.

Mais alors vous, par contre ! On dirait que vous le faites exprès ! Vous consommez du hasard comme dix adultes en bonne santé ! Vos spirales secondaires font des cabrioles, je ne vous dis pas ! Il fallait donc que je me rende compte personnellement de votre problème. Ce sont vos meurtres *sans préméditation*, treize à la douzaine, qui fichent la pagaille dans mon boulot. Et ce que je viens de voir ne m'explique toujours pas ce que vous en faites après, de tout ce hasard.

— Je ne comprends rien à ce que vous me voulez, mais ceci n'est qu'un jeu, sans mauvaise intention, je vous l'assure.

A.X. ravala trop tard ses dernières paroles. En faisant allusion au jeu, il venait indirectement de se trahir. La fatigue commençait à se faire sentir. Il devait mettre au plus vite son plan à exécution. Il fit un deuxième pas sur le côté.

— Oh que si ! vos intentions sont mauvaises. Vous volez le hasard aux autres, ce n'est pas honnête. Ce que vous prenez ici aujourd'hui n'est plus disponible pour quelqu'un d'autre demain.

Et moi, je n'arrive plus à gérer équitablement le stock, car, il faut que je vous le précise, le hasard ne pousse pas sur mon dos ! Je n'en ai qu'une quantité limitée et fixe pour tout l'Univers. Je dois vérifier, par exemple, qu'il en reste à tout moment en suffisance pour certains trucs vraiment essentiels, quelques lois physiques fondamentales, les vrais (rares) jeux de hasard, certains accidents... C'est tout un boulot, croyez-moi !

La fille paraissait à présent totalement concentrée sur son sujet. Elle agitait les mains avec exaltation chaque fois qu'il lui semblait devoir appuyer le sens d'un mot.

— Et les gens que vous tuez *au hasard*, précisa-t-elle, ce qui constitue l'intégralité de vos crimes, emportent avec eux une part du destin de l'Univers tout entier. Vous modifiez l'avenir de façon aléatoire, c'est ingérable.

Toute cette comédie est-elle vraiment nécessaire ? songea A.X. Il glissa encore un peu sur le côté et remarqua tout de suite que le regard de son interlocutrice ne suivait pas son déplacement. C'était le moment opportun pour s'enfuir. D'un bond, il fit volte-face et s'enfuit à toute allure dans la ruelle.

Il avait déjà parcouru un bon bout lorsqu'il se retourna pour estimer son avance. Quelle ne fut pas sa surprise de trouver la rue déserte ! Il s'arrêta net, se retourna de nouveau. Il était hors de question qu'elle eût pu courir plus vite que lui, mais pourquoi s'était-elle cachée ? Il devait la retrouver à tout prix. Et vite.

A.X. se remit en marche... et sa main, fermement agrippée au pavé, s'abattit sur le crâne de la fille. Instantanément, il sentit que son bras ne rencontrait aucune résistance, comme si la victime s'était évaporée. Mais il était trop tard et, emporté par le poids du pavé, il s'affala de tout son long sur le trottoir.

— Eh, nom d'une spire ! Tout doux, mon bonhomme ! fit Aline dans son dos. Elle paraissait légèrement essoufflée. Ne me faites plus ce coup-là, hein ! J'ai été forcée de vous faire remonter un brin votre dernière spirale vers le passé afin que nous nous rencontrions à nouveau. C'est assez éprouvant. Moins que de vous courir après, mais éprouvant quand même. Et parfois dangereux aussi, car je ne peux pas toujours contrôler simultanément toutes les spirales des choses qui nous entourent au moment de la manipulation.

Au mieux, je m'en sors d'habitude avec un tout petit paradoxe. Pour cette fois-ci, je ne sais pas encore, et cela pourrait d'ailleurs parfaitement passer inaperçu. Néanmoins, je vous demande gentiment de ne plus recommencer vos gamineries. Promis ?

A.X. se retourna douloureusement sur le flanc et resta pétrifié devant la jeune fille.

— Ah ! tant que j'y pense, rajouta Aline, n'imaginez pas revivre à partir de maintenant les mêmes événements que la dernière fois, ou la même boucle éternellement. Vous avez vieilli entre-temps, mon petit bonhomme, et votre spirale générique a avancé d'un cran. J'ai remonté le cours d'une spirale secondaire, mais je ne peux remonter le temps. Laissons ce vieux fantasme à ceux qui écrivent de la science-fiction.

A.X. se redressa avec peine et s'adossa au mur. Le même mur, au même endroit, et la même effroyable scène du meurtre raté ! Il n'en croyait pas ses yeux. De quelle magie noire usait cette diablesse ? Était-il possible qu'elle l'ait hypnotisé ? Cette dénommée Aline ne s'était même pas départie de sa bonne humeur.

— Allez, sans rancune ? Et remettez gentiment ce pavé à sa place, s'il vous plaît. Je trouve cela extrêmement dangereux, quelqu'un pourrait trébucher. J'espère que nous pouvons poursuivre maintenant ?

— Mais c'est impossible, comment avez-vous fait ? implora A.X. à bout de nerfs.

— Je viens de vous l'expliquer, fit Aline avec impatience. Vous devriez être plus attentif, nous y gagnerions tous les deux.

A.X. sentit monter la colère. Il n'avait jamais éprouvé auparavant un tel sentiment d'impuissance. Et cette fille qui n'en démordait pas de son histoire grotesque ! Cette manie d'éviter sans cesse le vif du sujet et de ne jamais jouer cartes sur table l'agaçait au plus haut point. Pour comble, elle se permettait à présent de l'enguirlander comme un vulgaire écolier inattentif. N'était-il pas Albert X., somme toute, un maître incontesté du crime parfait ?

Il était hors de question qu'il se laisse dicter sa conduite par une petite ensorceleuse, aussi tenace soit-elle. Il laissa éclater sa rage :

— Je me fiche de vos détails. Dites-moi seulement l'essentiel de ce que vous venez de me faire subir, cela suffira. Et aussi dans quel état suis-je à présent ! Toujours hypnotisé, ou ramené à la conscience ? Je n'ai rien senti, vous n'avez pas le droit de me laisser comme ça sans explication.

— L'explication se trouve précisément dans le détail que vous refusez d'entendre, souffla Aline à mi-voix.

A.X. n'entendit rien. Il perdait peu à peu la raison.

— Oui, je voulais vous tuer, cria-t-il. Enfin pas vous réellement, mais ce serait trop long à expliquer. Pourtant, à présent, si vous n'arrêtez pas immédiatement vos tours de passe-passe, je me sens parfaitement la force de vous supprimer pour de vrai.

— Oh, mais ! par mes spirales, c'est qu'il peut être coléreux, notre petit homme, pouffa la fille, à part soi. Elle attendait manifestement le retour au calme et ne semblait rien vouloir entreprendre qui puisse raviver la colère d'A.X., toujours en pleine crise.

— Vous m'agacez à la fin. Moi, je veux uniquement pouvoir me livrer à mon passe-temps et, pour le reste, qu'on me fiche la paix. Évidemment, si je suis démasqué, alors tant pis. Bouclez-moi, c'est la règle du jeu. Ou fichez le camp d'ici tout de suite. Mais bon sang !, quoi que vous fassiez, faites-le rapidement et arrêtez votre cinéma. Qu'on en finisse une fois pour toutes !

La fille ne disait mot. A.X. s'avisa soudain qu'il y avait peut-être été un peu fort.

— Ou alors, nous nous efforçons de trouver un terrain d'entente, rajouta-t-il plus posément. Je pourrais envisager la plus extrême générosité pour régler notre affaire, vous savez. J'ai de belles économies.

— Je n'ai pas l'intention de vous boucler et nul besoin de votre argent, rassurez-vous. C'est bien plus complexe que cela. Et il va vous falloir un peu de patience, car je n'ai pas de solution toute prête. Alors, si vous êtes pressé, ne m'interrompez pas tout le temps.

— Vous avez tort, un peu d'argent est toujours le bienvenu. Je songeais qu'à votre âge, et avec votre physique, vous auriez mieux à faire que de harceler... Bref, je voulais dire que, à la tête d'un petit capital, vous pourriez peut-être plus facilement trouver quelqu'un qui..., enfin, surtout que vous êtes très belle, osa A.X. Et il sentit instantanément une douleur vive gagner le haut de sa nuque.

— Oh ! détrompez-vous, gloussa Aline. Mon apparence est simplement conforme à l'idéal féminin de votre subconscient. Ce qui aurait d'ailleurs dû vous porter à être nettement plus réceptif à mon égard. Notez qu'à présent, j'en doute. J'ai également joué la carte de la jeunesse, car il semble que votre potentiel affectif se soit bloqué à cet âge-là. Je n'allais tout de même pas vous apparaître sous la forme d'un vieil agent de police ? Vous auriez détalé comme un lapin.

Aline appuya délicatement sur son nez du bout du doigt et se transforma instantanément en officier de l'ordre public.

— Ah ! Grand dieu, cria A.X. de frayeur. Il s'était écarté de quelques pas. C'est avec votre nez que vous faites ça ?

— Bah ! ce n'est même pas nécessaire, fit l'agent en souriant. Mais si je n'avais rien fait, vous n'y auriez pas cru. Ou vous auriez évoqué la magie, les sortilèges, que sais-je encore ? L'homme est tellement superstitieux qu'il ne croit même plus ce qu'il voit.

Et sans le moindre geste, l'agent redevint Aline.

— Mais qu'avez-vous fait ? Qui êtes-vous vraiment ? supplia A.X. dans un ultime soupir.

Il était tombé à genoux et fixait le sol d'un regard absent, comme un zombie, n'osant plus lever la tête ni bouger le corps de peur de susciter un nouveau maléfice.

La fille, oui c'était bien une fille cette fois, affichait une indifférence tranquille. À mesure qu'elle maîtrisait la situation à son avantage, son excentricité théâtrale s'était insensiblement transformée en une sorte de majesté indiscutable. Même le son de sa voix marquait à présent les mots les plus simples d'une autorité souveraine.

— Relevez-vous, dit-elle doucement, je n'ai rien fait de très particulier. Il se trouve que je n'ai pas d'existence matérielle et qu'il me faut emprunter l'apparence d'une entité physique pour me manifester. Sinon vous ne me verriez pas et je ne pourrais même pas vous parler. Mais Aline ou quelqu'un d'autre, peu importe. Il suffit que je monte sur la spirale qui m'intéresse au moment qui m'intéresse et, instantanément, je deviens l'autre.

De plus, rassurez-vous, ceci est absolument inoffensif et imperceptible pour le corps que j'emprunte. Aline n'en saura rien ! Je suis d'un naturel soigneux et je rends tout en parfait état.

Allons, ne soyez pas mauvais joueur. Pour la peine, je vous appelle Albert. C'est décidé, on n'en parle plus.

— Mais alors, pleura presque A.X, vous êtes quoi au juste ? Un ange gardien ? ... Dieu ? ...

— Oh ! ça, peut-être ! Je ne sais pas. En fait, ce sont des inventions à vous autres tout ça, des histoires d'hommes. Comment savoir avec toutes les coutumes locales d'un bout à l'autre de l'Univers.

Ce ne serait pas plutôt à vous de me le dire, si je suis Dieu, non ? (étant donné qu'une enquête judiciaire est toujours en cours, le lecteur comprendra à nouveau que nous ne puissions dévoiler ici l'identité réelle du personnage).

Aline se dandina un instant avec fierté avant de poursuivre.

— Quels sont les critères à satisfaire ? Dites toujours, on verra bien. Cela pourrait correspondre, qui sait ?

Albert regarda la fille avec stupéfaction et se sentit du coup fort mal à l'aise, et même passablement confus, d'avoir peut-être importuné un dieu avec ses angoisses personnelles.

— Ah ! mais..., excusez-moi, je pensais que vous seriez au courant, souffla-t-il en baissant les yeux.

— Albert, pensez donc ! Comme s'il n'y avait que vous.

Bon, conclut-elle, nous avons perdu assez de temps. Si vous le permettez, je vais maintenant reprogrammer quelques-unes de vos futures spirales afin que votre nouvel itinéraire soit considérablement moins gourmand en hasard. Détendez-vous, cet exercice est totalement indolore. Vous allez dormir un petit peu et, à votre réveil, vous serez un nouvel homme.

— Mais je suis très bien comme ça, risqua A.X. Je n'ai nul besoin que vos spirales guident mon existence comme les fils d'une marionnette. Je veux juste rester libre de mon destin, s'il vous plaît ! Il paraissait plus pâle que jamais et se tortillait sur lui-même. Laissez-moi une dernière chance, supplia-t-il.

— Votre liberté d'homme est de rester un homme, précisa Aline, comme celle d'un arbre est de rester un arbre, voilà tout.

Plantez des noyaux de cerise, il ne poussera jamais des épinards ni des machins avec des bananes dessus, que je sache ? On ne plaisante pas avec les spirales primaires, vous savez.

Mais observez bien vos cerisiers. Jamais vous n'en aurez deux pareils. L'un plus haut, l'autre plus tordu. Une branche par-ci, une racine par-là... C'est l'œuvre de mes spirales secondaires qui s'agitent sans cesse au gré des rencontres avec leurs semblables. Et elles savent aussi rester à leur place, ou alors je me fâche !

À l'inverse de ce que vous croyez, hasard ne signi-fie pas désordre. C'est au contraire le moteur d'un ordre tellement supérieur que votre petit esprit ne parvient pas à en appréhender la structure.

Regardez à nouveau de plus près votre cerisier, ne conserve-t-il pas toujours suffisamment de traits communs pour que vous y reconnaissiez immanqua-blement un cerisier parmi les arbres, même si celui-ci est différent de tous les autres cerisiers ? Elle est là, votre liberté. Ne la cherchez pas ailleurs.

— Je vous en prie, soyez indulgente, implora A.X. Faites tout ce que vous voulez, mais laissez-moi rentrer à présent.

Et ne me mettez plus à contribution, je ne comprends même pas en quoi consiste la chose que vous voulez me faire subir.

— Oh ! mais j'ai différentes manières d'envisager votre reprogrammation, fit Aline pensivement. C'est là précisément le nœud de la question qui me retient depuis le début. Car il est clair que je vais devoir agir personnellement. La lecture de votre spirale générique me montre que vous n'êtes qu'à mi-chemin de votre mort biologique. Je ne peux dès lors compter avant longtemps sur une *solution naturelle* à notre problème. Mais j'ai d'autres possibilités, tranquillisez-vous !

Par exemple, je pourrais faire dévier légèrement la trajectoire d'une de vos prochaines spirales en m'arrangeant pour qu'elle croise le chemin d'un chauffeur de poids lourd, juste au moment où celui-ci lance son dix tonnes à toute allure dans la rue que vous traversez distraitement. Vous prendriez le camion de plein fouet, et notre problème serait résolu.

— Bingo ! conclut Aline, en battant joyeusement des mains.

Elle marqua une pause.

— Non, manifestement ! Je note que cette idée ne vous enthousiasme pas outre mesure.

Elle fouillait dans ses pensées, le regard au ciel.

— Oui, bien sûr, s'écria-t-elle soudain, voilà qui est parfait ! Et merveilleusement ajusté à votre personnalité. Bon, je vous en laisse la surprise, car je vais devoir disparaître maintenant. Dans votre cas, à tout jamais, j'espère.

Elle avança les bras tendus en direction d'A.X. et s'arrêta, les mains à hauteur de ses tempes, sans les toucher toutefois.

— Et à votre réveil, je ferai en sorte qu'il ne vous reste de tout ceci que l'impression d'un mauvais rêve, voire même que vous ayez tout oublié. Sauf de remettre ce fichu pavé en place. Pensez aux autres, bon sang ! Je vous ai déjà dit que c'était extrêmement dangereux, non ? Allez, au plaisir de ne plus jamais vous revoir !

*
* *

Le patient qui nous a été adressé présente une série de troubles psychotiques marqués qui pourraient être à l'origine du comportement présumément meurtrier dont il est inculpé. Il est d'ailleurs sujet à des épisodes de crises délirantes, accompagnées d'excitation psychomotrice, qui pourraient indubitablement être liées au sevrage de tout exercice criminel depuis son internement.

Il montre toutefois des périodes de rémission asymptomatique où il semble être en parfaite santé. À ce titre, la recherche étiologique à l'admission clinique a permis d'exclure la présence d'une (ou plusieurs) cause(s) organique(s), telle(s) que toxique, métabolique, infectieuse, vasculaire, neurochirurgicale ou dégénérative.

De ce qui précède, et vu l'absence manifeste de données préalables pénitentiaires, policières, sociales ou économiques habituellement connexes à toute décision pénale, la prolongation de la détention provisoire avec mise en observation prolongée en milieu fermé est recommandée aux fins de procéder à l'examen psychiatrique approfondi du prévenu.

Au reste, à titre complémentaire, nous estimons également opportun de joindre ci-après les extraits de nos notes personnelles au rapport final d'expertise psychiatrique présentencielle pour aider à répondre notamment aux questions de la Cour concernant le degré de responsabilité pénale de l'accusé et son éventuelle dangerosité pour la société.

Pr S.H., Psychiatre,
Expert près la cour d'appel de B. commis par Maître V.Y., Président de la Cour d'Assises.

*
* *

Jeudi 1er mars – Nous ne pouvons établir actuellement le moindre pronostic quant à l'issue favorable d'une thérapie nécessairement longue et il est à craindre qu'une réinsertion sociale en milieu ouvert s'avère impossible, même sous guidance externe. Ceci est d'autant plus vrai que l'état du patient s'est malheureusement aggravé depuis son arrestation.

Il a en effet développé une symptomatologie nouvelle de phobie obsédante, à un stade particulièrement avancé, qui se traduit par une peur morbide et chronique de l'imprévisible. Cette phobie, par voie de conséquence, a modifié radicalement son comportement.

Nous rapportons ci-après une analyse résumée de la pathologie primitive et de celle subséquemment acquise.

Depuis son admission chez nous, A.X. commence systématiquement ses journées à 4 h 00 précises du matin, tiré de son sommeil par la sonnerie de deux réveille-matin personnels dont il vérifie scrupuleusement la correspondance chaque soir. Il est ainsi le premier debout de toute la clinique, et c'est là sa volonté souveraine, car il ne tolère pas d'être réveillé à l'improviste par un bruit étranger. Ces réveille-matin serviront à ponctuer ensuite avec la même rigueur les multiples activités du jour.

A.X. se porte alors comme un automate vers sa table de travail, et l'on ne peut l'en détourner sous aucun prétexte avant qu'il ait minutieusement inscrit dans un grand calepin le détail complet des activités qu'il compte accomplir avant le coucher. Tout y est rapporté, sans exception, jusqu'aux menus détaillés des repas, les programmes de télévision sélectionnés, et même combien de fois il s'autorise à se moucher. Ce programme ne le quittera plus de la journée. Il en conserve d'ailleurs une copie au cas où il viendrait à perdre l'original.

On peut exclure le fait que ce rituel ait été mis en place par A.X. dans l'unique but de pallier un déficit mnésique. Il n'a en effet, à notre connaissance, jamais égaré son précieux calepin, et nos différents tests visant à l'évaluation des facultés cognitives confirment que sa mémoire est parfaite.

En dehors de cela, mais toujours en rapport avec son obsession phobique, il hait les surprises, refuse les cadeaux, fuit les conversations improvisées, bref, se soustrait autant que faire se peut à l'inconnu ou, plutôt, à l'imprévisibilité des choses.

Cette démarche individualiste, doublée d'un besoin important de références stables, a posé au départ de gros problèmes d'organisation au sein de notre institution. Impossible de lui faire accomplir quoi que ce soit en dehors de son sacro-saint programme, sinon sous camisole chimique de tranquillisants majeurs.

Cette composante rebelle de sa personnalité trouve certainement ses origines au niveau de la cellule familiale, mais le mutisme du patient à ce sujet, renforcé par le décès des deux parents, rend aujourd'hui impossible une analyse plus approfondie des causes réelles.

La situation s'est notablement améliorée après qu'une infirmière eut songé à lui fournir le programme des soins, examens et médications du lendemain. Il intègre ces données sans rechigner dans son propre agenda, suivant un horaire établi de commun accord avec les membres du personnel soignant et, après un dernier gros effort de ponctualité de ceux-ci, tout semble être rentré dans l'ordre. Dans *son* ordre, à vrai dire.

Mis à part les rares cas de rébellion en rapport avec ce qui précède, et contrairement à ce que laissent croire ses présumés antécédents criminels, il ne manifeste aucune agressivité anormale depuis son internement. L'on peut également exclure, sinon anticiper sans difficulté, la possibilité d'une tentative d'évasion ou même de suicide, car l'une et l'autre devraient nécessairement être programmées sur son emploi du temps (un membre du personnel a pour mission d'en consulter quotidiennement une copie à l'insu du patient). A.X. a néanmoins été maintenu en département fermé pour des raisons de sécurité préventive.

Par ailleurs, l'homme s'avère doté de facultés intellectuelles remarquables. Il tient, lorsqu'on l'interroge avec ménagement sur les causes justificatives de sa phobie récente, un discours parfaitement logique et cohérent. On ne note aucun déficit apparent des processus cognitifs, notamment du langage ou de la pensée abstraite.

Mais son discours est malheureusement fondé sur des croyances qui s'écartent du sens commun et où prédominent les données subjectives d'un monde singulier. Son délire est d'un tel dogmatisme que nous l'avons baptisé entre nous *sa religion*.

Il faut à tout prix, nous résumons, qu'il s'abstienne de gaspiller le hasard dans ses activités quotidiennes, afin d'en garder toujours en suffisance pour l'indispensable. C'est là son unique peur avouée justifiant son comportement phobique et ce lien de causalité, jamais observé à notre connaissance chez d'autres patients, nous laisse considérablement perplexes.

Cette épargne forcée du hasard est, dit-il, impérative s'il veut un jour recouvrer sa santé mentale – il a donc conscience de son mal, et c'est une voie de guérison possible –, et reprendre une activité à la fois normale et spontanée. Il n'est pas très explicite sur le sens des deux derniers adjectifs, mais son émotion difficilement contrôlable à cet égard nous suggère qu'il considère également son activité criminelle passée comme normale et spontanée, voire indispensable, ce qui représenterait dès lors un sérieux handicap pour une éventuelle guérison.

Vendredi 4 mai – Nous avons essayé, en thérapie comportementale, de faire comprendre au patient que le hasard n'est pas un bien matériel que l'on peut thésauriser. Le respect strict d'un emploi du temps prédéfini ne peut lui permettre d'éviter de croiser un visage inconnu, d'être surpris par un bruit dans la rue, ou de rater une marche d'escalier. Mais le patient s'emporte alors et son discours devient beaucoup moins cohérent, à la limite de l'hallucination. Il fait allusion à une vérification rigoureuse de l'utilisation du hasard par une compétence extérieure. Il décrit assez explicitement une *contrôleuse*, en laquelle on perçoit en filigrane l'image dominatrice de la mère transcendée dans un physique de jeune femme désirable.

Lorsqu'on le lui fait remarquer, A.X. esquive maladroitement le sujet en rétorquant que c'est sans importance, car cette personne (?) posséderait la faculté de prendre à tout moment l'apparence physique qu'elle souhaite. Ce piètre mensonge nous confirme bien le fait qu'A.X. aurait développé dans sa jeunesse un complexe vis-à-vis des femmes, mais, pour les raisons déjà évoquées précédemment, toute analyse complémentaire est rendue impossible.

L'on peut néanmoins affirmer que c'est précisément la mort de sa mère, tuée dans un accident de voiture dont le père aurait pu être tenu pour responsable par sa conduite en état d'ébriété, qui serait l'un des facteurs déclenchants, sinon peut-être l'unique clé pour l'adolescent de l'époque, de sa future criminalité. Une psychose aurait alors pris racine sur fond de schizoïdie ; le patient présente, en effet, au cours de sa jeunesse une constitution mentale de solitaire, replié sur lui-même, avec de visibles difficultés d'adaptation aux réalités extérieures.

Un inconscient meurtrier se serait peu à peu développé avec l'âge, d'une part, sur base du modèle fourni par le père, et d'autre part, dans une perpétuelle obsession de vengeance de la mère contre le destin (le hasard, à nouveau) qui pourrait être considéré comme le véritable coupable de l'accident.

Ce défi latent de la fatalité se retrouve sublimé dans sa démarche du crime parfait en série. A.X. triomphe du hasard à chaque nouvelle épreuve réussie, répare l'injustice de l'accident routier, et se venge indirectement de sa carence affective maternelle.

Est-ce suffisant pour plaider l'irresponsabilité de notre patient, nous l'ignorons. Car ceci n'explique toujours pas pourquoi, environ six mois avant son arrestation, A.X. s'est mis à tuer selon un schéma globalement différent du précédent. Des crimes qui paraissent cette fois étrangers au hasard, voire prémédités et qui, sur base de recoupements assez simples, finirent par montrer formellement du doigt le coupable à la justice. Comportement suicidaire ? Peut-être, rien n'est certain.

Du propre aveu d'A.X., il ne peut l'expliquer clairement lui-même. Ou ne le veut ? Il est singulièrement intelligent, capable de mensonge, souvenons-nous-en.

Il tente de camoufler, assez maladroitement d'ailleurs, les mobiles de son changement d'intention meurtrière par l'évocation d'un rêve. Il y est à nouveau question de cette *contrôleuse*, celle qui est censée gérer la part de hasard de chaque individu. Il la tient pour unique responsable de ses malheurs.

Au début de son internement, A.X. ne parlait d'ailleurs pas d'un rêve, mais d'une rencontre physique réellement vécue. Il est cependant très vite revenu à des considérations plus normales en voyant à notre air dubitatif que sa tromperie avait peu de chance d'aboutir. Une histoire totalement farfelue, en vérité.

Aline, l'identité physique usurpée par la contrôleuse, devait être l'une de ses prochaines victimes, mais, malgré la justesse d'un coup porté à deux occasions sur la tête au moyen d'un pavé, elle se montre invulnérable comme s'il s'agissait d'un être immatériel. Elle lui révèle ensuite le but de sa mission sur terre et certaines grandes vérités sur la destinée de l'homme. Avant de disparaître à tout jamais, elle le plonge dans un profond sommeil dont il ressortira en état d'initié. C'est ainsi qu'il nous livre sa version des faits.

Mardi 29 mai – Le patient est revu deux mois plus tard en séance de thérapie et confirme à peu de choses près le récit de son hallucination. Peut-être aujourd'hui, en toute bonne foi, A.X. ne parvient-il plus lui-même à faire la part des choses entre le rêve et la réalité. Nous sommes vraisemblablement proches d'un phénomène de vision ou de révélation. Fondement de *sa religion* ?

Il pourrait, tout bonnement, avoir trébuché sur le soi-disant pavé et être resté brièvement sans conscience dans la ruelle déserte. Il ne faut pas très longtemps pour bâtir un rêve structuré, surtout dans l'état d'agitation psychique de notre supposé meurtrier en chasse. À son réveil, aucun élément extérieur ne lui permet d'invalider l'option d'une expérience vécue – personne à ses côtés pour témoigner de sa chute, mais le pavé, au contraire, est bien réel –, et A.X. s'en retourne chez lui avec la ferme conviction d'avoir rencontré un être de l'au-delà.

Et c'est elle, affirme-t-il, qui a altéré à son insu l'aboutissement jusqu'alors parfait de ses crimes en restreignant la quantité de hasard dont il avait besoin. Ne s'étant jamais préoccupé de l'identité de ses victimes, il s'est laissé naïvement piéger et ne comprit que bien après son arrestation la duperie dont il avait été le jouet.

Et de nous mettre en garde contre l'inhumanité effrayante de cette sentinelle du destin. Le récit hallucinant dont il nous gratifie, à chaque fois qu'on le pousse dans ses retranchements, entrecoupé d'épisodes de délire de persécution et en proie alors à une hystérie frénétique, indique ostensiblement le niveau de désorientation mentale atteint et confirme nos maigres espoirs de guérison. Il nous traite de pauvres ignorants :

« Vous croyez que le coupable est ici, entre vos mains ? Que l'affaire peut être classée ? Vous semblez même en tirer une certaine gloire. Mais vous n'y êtes pour rien. Ce que je tente de vous dire est bien plus terrible. La vraie cause de mon échec, et certainement un jour du vôtre, c'est elle. Un jour elle donne, le lendemain elle reprend. En fonction d'une logique qui nous échappe. Pauvres ignorants !

Même quand vous croyez avoir accompli un chef-d'œuvre de complexité, vous n'êtes toujours que de vulgaires apprentis sorciers, sans aucune maîtrise des vrais moteurs de votre succès. Le crime parfait n'est qu'un leurre, vous êtes prêts à l'admettre. Mais tirez-

40

en la leçon, et comprenez bien que toute perfection est utopique.

Ne vous arrêtez pas à mes forfaits. Elle vous aura tous ! Sans exception, c'est sûr. Les grands pétroliers continueront de sombrer, vos centrales nucléaires ne seront jamais fiables, les fusées ne cesseront d'exploser en vol, toujours à l'instant où l'on s'y attend le moins. Votre hasard est sournoisement manipulé. Vous aurez beau refaire mille fois vos savants calculs, jamais vous n'atteindrez la perfection. Oubliez à tout jamais la sublime beauté de l'absolu.

Car la gardienne du hasard veille, inquiète du fragile équilibre de ses spirales. Pire qu'une grand-mère dans son jardin de roses. Une poignée d'engrais par-ci, une petite bouture par-là. Et parfaitement insensible à notre sort. Regardez-moi ce puceron orgueilleux. Il pense être chez lui, avoir tout compris. *Vanitas vanitatum*. Vite que je coupe cette mauvaise branche et que s'effondrent ses rêves de grandeur. N'essayez pas de fuir, c'est inutile. Il lui suffit de tordre votre passé pour se retrouver face à vous un instant plus tôt. Et si elle le souhaite, sous l'apparence physique de votre meilleur ami !

À quoi lui servent ces ingérences dans notre monde ? Je n'en sais fichtre rien ! Le sait-elle ? Peut-être en va-t-il de sa propre survie... »

Lundi 23 juillet – Le patient s'obstine à évacuer interminablement le même récit délirant. Car délire est bien le seul terme qui s'applique dans ce cas. Où trouver dans cet embrouillamini d'allégations le moindre indice permettant de comprendre pourquoi A.X. a soudain délaissé la pratique du crime anonyme, pour laquelle nous serions enclins à le croire psychologiquement irresponsable, et s'est mis à tuer uniquement des personnes de son entourage proche ?

D'abord son père, et l'on peut bien sûr retrouver dans l'inconscient du malade certaines motivations de réparation. Mais il nous est tout à fait impossible d'expliquer l'assassinat du directeur de la société qui l'employait, personne pour laquelle on ne rapporte aucune animosité particulière à l'égard d'A.X., ni celui de la concierge de son immeuble ou de l'agent des postes, avec qui il n'entretenait que des relations ordinaires de courtoisie. Que dire du meurtre de sa vieille tante, ou de celui du boulanger ?

Privé de hasard, dit-il en substance.

Et finalement, épuisé par nos interrogations et à court d'arguments, il nous ouvre quelquefois son coffre d'effets personnels où il affirme détenir la preuve ultime de sa manipulation par une force de l'au-delà.

En fait de preuve, il ne s'agit en toute apparence que d'amers souvenirs, vraisemblablement transformés par son délire en objets de culte, mais qui s'avèrent totalement dénués de signification concrète. Sinon peut-être celle, en rapport avec son rêve, de l'instant probable qui détermina, dieu sait pourquoi, la fin de ses crimes parfaits.

Il a même échafaudé une petite histoire, plus singulière que jamais, au sujet de la ressemblance parfaite des deux objets conservés dans son coffre. L'un ne serait pas la copie de l'autre, prétend-il, mais ils sont véritablement *le même à un autre instant*, et c'est précisément là un des éléments qui prouve la machination dont il fut la victime.

Malgré notre longue expérience des psychopathes, il nous arrive encore de nous étonner de la puissance imaginative d'un cerveau délirant. Celle d'A.X. n'est certainement pas des moindres. Les deux pavés en question, gravés d'un curieux emblème traversé par une flèche, sont effectivement en tous points identiques. Mais de là à ce que cette double curiosité apporte la moindre preuve d'un complot à son égard, il y a un cheminement qu'un esprit sain ne pourra jamais suivre.

Alors, victime forcée, véritable délire paranoïde ou superbe mystification ?

Pour nous cela ne fait aucun doute, mais je vous laisse juge.

DÉJÀ VU ÇA QUELQUE PART

Le souvenir de cette étrange histoire s'effaçait chaque jour un peu plus de ma mémoire, trop vite, me semblait-il. Sans ces quelques mots retrouvés dans mon mémo-calepin, j'en serais même venu à douter qu'il se soit véritablement passé quelque chose !

Il était donc urgent que je complète mon récit, sans chercher à comprendre. Un maximum de détails, qui sait lequel avait son importance, car demain sûrement j'aurais tout oublié.

Avant d'être contraint d'emménager en ville, j'avais toujours habité la campagne. C'est là que j'avais rencontré ma femme, et puis mes deux enfants y étaient nés aussi. Moi-même, j'étais natif de la région et je comptais d'ailleurs bien rester jusqu'à mon dernier souffle. C'est-à-dire le plus tard possible, évidemment !

Cela n'avait probablement pas grand rapport avec mon histoire, mais il est clair que rien de fâcheux ne me serait arrivé si nous n'avions dû quitter notre paisible demeure située dans la lointaine banlieue de Base-Trois.

Durant toutes ces délicieuses années, ce lieu avait été pour nous synonyme de sérénité et d'harmonie. Base-Trois n'était alors à nos yeux qu'un halo lumineux sur le vaste horizon désertique de notre monde, un petit phare solitaire que nous apercevions à peine par nuits obscures et qui nous rassurait vaguement de sa présence silencieuse sans que jamais nous n'ayons eu à subir les désagréments de cette métropole démesurée.

Vous l'aurez compris, je n'étais pas homme à aimer la vie citadine, avec ses fracas de toutes sortes et sa compacité étouffante.

D'abord, parce qu'à mon âge l'on s'accommode assez mal du changement et, qu'en matière de changement, celui-ci était suffisamment radical pour que je ne veuille pas faire l'effort de m'en accommoder.

Et puis aussi du fait que, parmi nous, les gens simples et un peu superstitieux de la campagne, circulaient bon nombre d'histoires pas toujours très rassurantes à propos de Base-Trois. Et pour cause !

Une très ancienne et florissante civilisation avait précédé la nôtre en ces lieux, mais elle s'était soudain volatilisée, vraisemblablement à son apogée et bien longtemps avant notre arrivée, ne laissant aux yeux de nos pionniers stupéfaits que des ruines d'une rare beauté.

Ne rien savoir de nos prédécesseurs était bien plus inquiétant que la pire des vérités, car l'ignorance ouvrait immanquablement libre cours aux pires fabulations. Base-Trois avait été bâtie sur des ruines et des chimères et, de l'avis même de certains, il remontait encore parfois, des profondeurs de la ville, « de dangereux relents des puissances du passé ».

Mais voilà, entre ce que l'on raconte et la vérité... ! Pour ma part, j'opérais sans nul doute un blocage inconscient par simple peur de l'inconnu, comme l'aurait fait toute autre personne dans mon cas à propos d'une autre Base sur un autre Monde.

Donc, rien à faire de tout cela ! Des considérations professionnelles incontournables m'obligeaient à faire taire mes inquiétudes et à trouver au plus vite la motivation nécessaire pour rejoindre le monde civilisé, quel qu'en soit le prix à payer. On avait décidé pour moi et je n'y pouvais rien changer, amen.

Il fut d'abord question que je parte seul, mais l'accès vers Base-Trois était à ce point long et malaisé qu'il m'aurait été impossible de revoir ma chère famille aussi souvent que je le souhaitais.

Les enfants, de leur côté, s'appliquèrent de leur mieux à me convaincre par tous les prétextes qu'il était préférable que tout le monde m'accompagne en ville. Je ne compris que plus tard, en les voyant tout exaltés par les derniers préparatifs du voyage, que mes grands chérubins avaient à présent atteint l'âge où notre belle campagne ne présentait sans doute plus grand attrait à leurs yeux et que la fascination que pouvait exercer sur eux l'idée d'habiter une cité comme Base-Trois était devenue irrépressible.

Je m'étais dès lors mis à la recherche de notre nouvelle demeure familiale, en quête de la perle rare, multipliant d'abord les échecs par dizaines tant les exigences que je m'étais fixées dépassaient de loin ce qu'un logement de grande ville, même des plus luxueux, était susceptible de nous offrir.

Bien sûr, il me semblait avoir de bonnes raisons pour cela, liées tant à mon rang social qu'à ma fonction professionnelle. Mon *standing* de haut fonctionnaire était d'un niveau bien supérieur à la moyenne de mes concitoyens et, si cela n'avait eu jusqu'à présent aucun impact dans notre petit village où l'on ne jugeait pas les gens sur ces critères, j'estimais que notre entrée en ville devait être retentissante.

J'avais donc placé la barre bien au-dessus de ce que notre humble maison nous avait offert par le passé. Mais cela pour une seule et unique raison toute différente des prétextes avoués : je faisais à nouveau les frais de mon syndrome inconscient de blocage.

Le coup de foudre vint à mon secours au hasard d'une promenade dans un quartier perdu où le standing des habitations était pourtant bien en deçà de ce que j'avais à l'esprit. Mais mon cœur fût immédiatement séduit.

C'était dans une voie-fille reliée au cinquième degré de sous-embranchement à la gigantesque voie-mère principale qui traversait Base-Trois nord-sud de part en part. Il s'agissait par conséquent d'un accès passablement étroit et très peu fréquenté, et c'était précisément déjà là une partie de son charme.

Un calme pur baignait les lieux, comme si le temps derrière lequel couraient sans relâche tous les hommes et les engins de la grouillante Base-Trois s'était tranquillement arrêté ici.

Il y avait, partant de l'accès d'entrée, quelques dizaines d'immeubles disposés classiquement en enfilade, mais *notre* bâtisse se trouvait isolée tout au bout de la voie qui se terminait elle-même en impasse dans un ancien terrain de fouilles archéologiques. L'élégante construction semblait d'ailleurs avoir été érigée à cheval sur les très anciennes ruines d'un édifice qui, selon la vieille plaque commémorative toujours posée là en bordure d'embarcadère, aurait été un « temple tjiquan dédié au Règne du Temps ».

Tjiquan ! C'était apparemment ainsi, semblait-il, que se faisait appeler l'élite religieuse du peuple autrefois disparu.

L'on pouvait encore accéder aux restes du site et je me souviens, cette première fois, m'être promené longuement en cet endroit plutôt insaisissable qui ceinturait l'arrière du bâtiment.

En notant la topographie de l'endroit et les fouilles abandonnées, j'en avais rapidement déduit que notre immeuble devait dater de la fameuse époque où la CEG[1] s'était mise en devoir d'expulser jusqu'au dernier archéologue de ce monde.

La planète abondait en gisements de gaz d'excellente qualité, mais, un peu partout, des fouineurs de vieilles pierres attirés par la richesse des

---

[1] Compagnie d'Exploitation Gazière

découvertes sur cette civilisation inconnue faisaient obstacle à la multiplication des puits de forage, et donc à l'expansion commerciale de la CEG.

Il avait suffi à la Compagnie de quelques mois de lobbyisme auprès de l'Autorité Urbanistique Centrale pour être autorisée à racheter à prix réduit tous les terrains sur les près de cinq mille kilomètres carrés de l'actuelle Base-Trois pour que restent définitivement enfouis les secrets de cette culture d'un lointain passé et que reparte vers l'oubli la notion même de son existence. Pour éviter toute marche arrière, la CEG avait fait construire quelques centaines d'immeubles d'habitation un peu partout sur l'emplacement même des fouilles d'importance.

Voilà que nous allions peut-être habiter sur le champ d'une de ces batailles passées, mais ô combien enchanteur était celui-ci ! Je ne cessai de m'y promener jusqu'à la pénombre du soir et continuai d'y penser avec excitation une bonne partie de la nuit.

Je revins dès le lendemain de bonne heure, accompagné du promoteur, dans l'intention de visiter l'appartement et même de signer le contrat céans si l'affaire paraissait honnête. Je sentais bien que, sur ce coup-là et malgré le charme des alentours, il me fallait conclure au plus vite à moins de me retrouver, des lustres plus tard, toujours en train de tergiverser sur des détails insignifiants tout juste prétextes à ne pas quitter ma campagne.

Mais l'aurais-je voulu consciemment que je ne trouvai à présent rien à redire tant l'endroit semblait paradisiaque. Dans la cour intérieure de l'immeuble, où l'on accédait du dehors par un large portail sculpté, se dressait même un børganier de Zedh. Oui, un arbre véritable ! En plein cœur de Base-Trois, imaginez ma surprise !

L'appartement au cinquième et dernier étage offrait une vue superbe. Et il était suffisamment vaste pour accueillir toute la tribu. En plus des pièces habituelles, chambres et commodités, il y avait certainement moyen d'y aménager une salle de jeux pour les enfants, un bel atelier graphique pour mon épouse et un spacieux bureau pour moi-même. Et le prix n'était pas un obstacle.

Avant que je ne m'en rende compte, j'avais ratifié le contrat et, pour la première fois de mon existence, j'étais propriétaire d'un appartement dans Base-Trois.

J'envoyai immédiatement à la maison quelques projections de taille réduite et tout le monde trouva que notre nouveau logis ne manquait pas de charme. Le mois suivant, nous emménagions tous en ville et la vie quotidienne reprit ainsi peu à peu le dessus.

Le plus dur pour les enfants fut de surmonter leur anxiété à jouer dehors à ciel ouvert. Contrairement au reste de la planète, Base-Trois était protégée en continu par un bouclier énergétique contre les pluies fréquentes de météorites et l'on pouvait s'y promener partout sans risque.

Au début, peu rassurés en raison de l'absence d'un préau blindé au-dessus de leur tête, ils ne sortaient jamais au-delà de quelques minutes d'affilée. Mais ils s'affranchirent petit à petit et ne gardèrent finalement plus qu'à de très rares occasions ce fichu réflexe de se précipiter à couvert lorsqu'un bruit de chute retentissait à proximité.

À présent, c'était un réel bonheur de les voir jouer des heures entières sur le terrain des ruines. Ils avaient eu, comme moi, le coup de foudre pour cet endroit magique, et nous les laissions bien sûr s'occuper ainsi à souhait tant il était aisé pour nous de maintenir une surveillance discrète par la fenêtre de l'appartement.

La plupart du temps, ils jouaient aux archéologues en herbes, fouillant çà et là les restes du temple et ramenant même occasionnellement quelques reliques tjiquans de ce lointain passé. Comme ces élégantes pièces usinées dans une sorte de métal et dont les superbes contours nous ravissaient. Elles semblaient moulées d'une pièce et nous ignorions tout de leur utilité. Parfois, par jeu, nous formulions chacun tour à tour les plus invraisemblables hypothèses sur leur fonction possible, laissant ensuite aux autres le soin de deviner notre idée de la chose. Que de belles soirées avons-nous passé ainsi en famille.

À l'usage, l'appartement se révéla également être un endroit de très grande quiétude. Les voisins directs, peu nombreux en l'occurrence, semblaient d'un naturel calme et peu enclins aux exubérances dont j'avais cru les citadins si friands. Et les épais murs de la bâtisse filtraient à ce point efficacement les bruits de la cité que seul un léger bourdonnement sourd venait par moment rappeler que nous n'étions plus à la campagne.

La vie en ville était bien sûr très différente de ce que nous avions connu auparavant, mais non pour cela moins agréable, et nous finîmes même presque par oublier d'avoir été autrefois des rats des champs.

Pourquoi diable avait-il alors fallu que tout bascule soudain ?

J'avais pris congé afin de pouvoir suivre chez moi en direct les épreuves finales de la session piano d'un concours musical de grand renom. Un joyau du passé, perpétué à travers les âges par une association de mélomanes acharnés et que, comme chaque année d'ailleurs selon mes habitudes, je ne voulais manquer sous aucun prétexte. Mon épouse était à son travail, les enfants à l'école, et la retransmission était de qualité irréprochable. Tout semblait augurer le meilleur.

Cependant, manque de veine pour moi cette année-là, ce fut aussi le moment que choisit une équipe d'ouvriers de la CEG pour venir aménager sous l'immeuble, à grand renfort d'excavatrices soniques et de perceuses lasers, un je-ne-sais-quoi qui aurait d'ailleurs très bien pu attendre la semaine suivante. Toujours est-il que l'épaisse insonorisation de mes murs était prise pour la première fois à défaut, et au moment où je le souhaitais le moins.

J'étais descendu sur l'embarcadère pour tenter de convaincre les gars du chantier d'échanger momentanément le dossier de notre immeuble avec un autre –

il devait bien y avoir assez d'autres trous à creuser ailleurs ! –, mais rien n'y changea.

J'aurais encore pu essayer de parlementer tout l'après-midi au visiophone avec le Bureau Central des Travaux Publics, mais je savais d'avance que c'était peine perdue. Tout Base-Trois appartenait à la CEG et œuvrait corps et âme pour la CEG. Se plaindre de la CEG équivalait ici à renier sa mère et l'on m'aurait aussitôt fait comprendre que ce n'était *vraiment* pas décent de ma part.

Je remontai vers l'appartement, assez fâché de cette contrariété, lorsque me revint tout d'un coup le souvenir que ma voisine de palier était pour l'instant en mission (pour la CEG !) et que je pouvais dès lors, sans risque de l'importuner, augmenter le volume sonore de mon écran de vision pour essayer de couvrir le bruit des travaux. Elle était la seule autre personne avec qui je partageais le dernier étage de l'immeuble. L'option valait la peine d'être tentée.

Par acquit de conscience, j'allai frapper à sa porte en revenant chez moi et, n'ayant pas eu de réponse, j'en conclus qu'elle était effectivement, et fort heureusement pour moi, toujours absente.

Je m'installai donc confortablement face à la projection, mais je dus tout d'abord déchanter. Malgré mon stratagème, l'écoute des passages calmes et les plus aérés de l'œuvre restait fort malaisée et toujours perturbée par le vacarme du dehors. Maudite Compagnie !

Et puis finalement, ayant pris mon mal en patience, cela finit par fonctionner passablement mieux durant les parties orchestrales plus soutenues qui, dieu merci, étaient plutôt nombreuses. L'œuvre inédite pour piano et orchestre de cette année-là était menée sur un ton particulièrement pénétré et orageux. La tension qui en émanait était perceptible jusqu'au centre de mon salon. Avec le volume sonore en plus, quel plaisir des sens !

Le dernier mouvement montait crescendo, sur l'utilisation cyclique et ponctuée par de puissants coups de cymbales d'un motif constituant lui-même un thème musical robuste, jusqu'au final qui éclatait en apothéose. Je dus même baisser le son tant l'orchestre symphonique emporté par le rappel du thème introductif explosait alors en une avalanche de résonances quasi assourdissantes. Une sorte de vertige me gagnait peu à peu et je dus soudain me lever pour faire quelques pas.

C'est à ce moment-là, en croisant l'axe du hall de nuit pour rejoindre la projection, qu'il me sembla entendre du bruit en provenance de l'appartement d'à côté. J'avais cru tout d'abord qu'il s'agissait du vacarme des travaux, mais c'était plutôt comme un écho étouffé de quelque chose de tout différent qu'il m'était néanmoins difficile d'identifier à cette distance.

Chose curieuse puisque ma voisine était absente ! Ou avait-elle réintégré son appartement sans que je m'en aperçoive ? Il fallait que je m'en assure illico.

Je pénétrai dans le hall de nuit, large couloir où débouchaient les entrées vers notre chambre et celles des enfants, et me dirigeai à l'oreille vers la source du bruit. Cela venait manifestement de l'autre côté de la porte mitoyenne de l'appartement contigu, située au fond du hall.

C'était par conséquent bien de chez elle que venait le tapage. Et en collant l'oreille contre la porte, j'en percevais à présent beaucoup mieux la nature. Mais oui ! Elle aussi écoutait la retransmission du même concours musical et ce n'était que l'écho pétaradant du final qui était venu troubler ma propre écoute. Elle était donc revenue de mission. Peut-être avait-elle augmenté le volume de son écran juste pour couvrir le bruit venant de chez moi ? Quel quiproquo ! Je devais aller lui en parler et m'excuser sur-le-champ.

Avant de rebrousser chemin, j'appuyai machinalement mon doigt sur le déclencheur d'ouverture pour m'assurer que le passage entre nos deux habitations était toujours bien condamné, ainsi que nous l'avions convenu avec notre voisine, mais j'eus alors la surprise de voir la porte s'ouvrir toute grande sur le hall de nuit de l'autre appartement. Je ne me souvenais évidemment plus d'avoir testé cela par le passé et il était dès lors tout à fait vraisemblable que ce passage soit resté libre d'accès depuis toujours, sans que cela ait d'ailleurs porté réellement à conséquence puisque notre voisine était une personne des plus respectables. N'empêche, il fallait que je lui parle de cela au plus vite également.

J'avais poursuivi sur ma lancée pour aller directement à sa rencontre lorsque, arrivé au bout du couloir, je réalisai soudain l'inconvenance de la chose. J'étais entré sans prévenir dans *son* appartement en traversant *son* hall de nuit et j'étais maintenant sur le seuil de *son* salon. Imaginez-vous sa surprise si nous devions tomber nez à nez ! Heureusement, rien de tel ne s'était produit et j'allais tout simplement refaire le tour par chez moi pour me présenter à la porte d'entrée de son appartement.

En revenant sur mes pas, je notai à quel point la configuration de nos deux appartements était similaire. Le hall de nuit débouchait au même endroit dans son salon et les accès vers les chambres étaient tous pareils à ceux de notre appartement. Un peu comme si l'architecte avait voulu, vraisemblablement par jeu intellectuel, qu'un occupant ne puisse avoir la moindre possibilité de se rendre compte dans quel appartement il se trouvait. Curieux !

Même la porte commune au milieu du hall de nuit s'ouvrait ici aussi vers la droite et à l'intérieur. Et au moment de franchir l'accès, je réalisai soudain l'absurdité de ce constat. Tiens donc ! Une porte ne pouvait s'ouvrir pareillement dans les deux sens, que je sache ? Si on la poussait d'un côté, il fallait forcément la tirer de l'autre.

Et en faisant à nouveau demi-tour pour vérifier cette bizarrerie, je faillis tomber à la renverse tant ce que je venais d'apercevoir était hallucinant. Comment n'avais-je pas enregistré l'énormité de la chose lors de mon premier passage ? Sûrement distrait par mes pensées ou préoccupé que j'étais de ne pas troubler l'intimité de ma voisine. Mais là, je ne pouvais plus échapper à cette vision inconcevable.

L'appartement de ma voisine n'était pas seulement de configuration pareille au mien, il était en tous points parfaitement identique à ce que nous avions emménagé de notre côté. Ah ça, bon sang ! Mais à quoi tout ceci pouvait-il bien rimer ? Et comment s'y était-elle prise pour réaliser cette prouesse ?

Les fauteuils en cuir noir... avec les trois coussins imprimés de fractales de Sierpiński !

La table basse de salon aussi, notre tapis Mandrack ! Et les mêmes bibelots disposés aux mêmes endroits...

Mais non, à l'évidence, j'étais dans mon appartement ! Il ne pouvait en être autrement, quel imbécile je faisais. Et je refis le couloir en sens inverse pour bien confirmer mon erreur, mais nenni ! Puis encore, et encore, en pressant le pas. Mais à chaque extrémité du hall de nuit la même image en miroir se présentait à mes yeux incrédules. Et je réalisai soudain qu'avec toutes ces allées et venues j'étais en train de perdre la notion de mon véritable chez-moi. Où étais-je maintenant ? Il y avait-il d'ailleurs encore un vrai et un faux appartement ? Sapristi ! Et si tout ici était en double, qu'en était-il de ma personne ? Un frisson me parcourut le dos. Y avait-il à cet instant un autre moi dans l'appartement d'à côté... qui se posait les mêmes questions ? « Eh oh ! » criai-je, comme pour me rassurer, en pointant l'oreille pour tenter de percevoir un écho à l'autre bout du hall de nuit...

Bon, cela suffit, me dis-je, tu t'égares ! Il faut procéder avec ordre et méthode. Un scientifique de ma trempe ne va pas se laisser décontenancer par une petite bizarrerie passagère. Commençons par quelque chose de simple, sans brûler les étapes. Une courte expérience logique rondement menée devrait me permettre de comprendre assez rapidement qu'il n'y avait en réalité pas grand mystère derrière ce phénomène. Une expérience, bravo, voilà ce que je devais entreprendre !

Me vint alors l'idée de m'installer au salon et d'inscrire quelques mots dans mon mémo-calepin. Je m'arrêtai au milieu de la phrase et passai directement de l'autre côté pour m'apercevoir que mon mémo-calepin était bien sur le guéridon où je l'avais abandonné et que les derniers mots étaient ceux que je venais d'écrire quelques instants plus tôt. Indiscutablement logique, mais que conclure ?

Et si j'enlevais à présent le mémo-calepin du meuble ? Je retournai de l'autre côté : le calepin n'était plus à l'endroit où je l'avais laissé sur le guéridon. Ah mais, non, bien sûr, puisque je le tenais en main ! Je le jetai au sol, dépité. J'étais manifestement en train de m'égarer à nouveau et il fallait que j'aborde le problème autrement qu'avec ces allées et venues stupides. La porte était de toute évidence à l'origine de mon problème et c'est précisément là que je devais commencer à en chercher la cause, nulle part ailleurs.

J'opérai aussitôt un demi-tour et, en repassant devant la fenêtre du salon pour rejoindre le hall de nuit, j'eus le regard naturellement attiré par l'embarcadère, au bas de l'immeuble d'en face. Tout était pareil à la vue depuis l'autre appartement, sauf qu'il y avait maintenant ici un petit transporteur de teinte bleu d'Ioz parqué à sa hauteur. Il n'était pas d'une marque très courante pour Base-Trois et j'étais quasi certain de n'avoir pas vu ce véhicule tout à l'heure *de l'autre côté*. Ou, n'y avais-je pas prêté attention ? Peut-être venait-il juste d'arriver ?

Non, il partait, et deux hommes étaient en train d'y embarquer. Pas des habitués du quartier en tout cas, je ne les connaissais ni l'un ni l'autre. Mais tant pis pour la honte, il fallait que je me manifeste. Peut-être pouvaient-ils me sortir de ce mauvais pas ?

Je tambourinai des poings avec force sur la fenêtre pour tenter d'attirer leur attention et les faire venir à mon secours, mais... rien à faire ! La parfaite insonorisation du vitrage étouffait tout bruit dans les deux sens et mes bonshommes d'en bas ne pouvaient rien entendre.

Je ramassai alors mon mémo-calepin qui traînait là au sol et, le pointant de son cadre métallique, frappai encore plusieurs fois sur la paroi vitrée, mais sans succès. Zut, zut et zut, trop tard ! Les portières s'étaient refermées sur les occupants et le transporteur bleu démarra aussitôt en trombe.

La rue était à présent déserte et seules quelques feuilles mortes de børganier flottant dans le sillage du véhicule me confirmaient que je n'avais pas rêvé.

Je repassai rapidement dans *l'autre* appartement et vérifiai qu'aucun véhicule n'était parqué à cet endroit ni ailleurs. Non, il n'y avait rien. Logique ! pensais-je, comme pour me rassurer, mais tout cela ne m'avance guère.

Contrarié, je restai quelques instants figé sur place, essayant de rassembler mes esprits, pour finir par réaliser que j'en avais à nouveau oublié de m'intéresser au seul endroit d'où l'anomalie pouvait rationnellement prendre son origine !

La porte, oui ! Ou plutôt les *deux* portes. Je ne m'en étais que trop peu soucié auparavant, mais c'était vraisemblablement là que devait se trouver la cause du mystère. Je revins sur mes pas vers le hall de nuit et fit l'expérience de retraverser plusieurs fois lentement le passage délimité par les doubles chambranles.

À l'évidence, on ne percevait aucune sensation particulière qui aurait pu marquer une transition, même pas un léger souffle frais ni le moindre picotement.

Assez décevant ! me dis-je, en songeant que je venais peut-être de traverser à de multiples reprises une faille de l'hyperespace ou dieu sait quelle autre mystérieuse réalité.

Quant aux portes, elles étaient bien des jumelles parfaites. Dans chaque appartement, au beau milieu du couloir rectiligne, chacune d'elle s'ouvrait respectivement à gauche et vers l'intérieur, en opposition lorsqu'on prenait les halls de nuit en enfilade. Le plan de symétrie entre les appartements, ou appelez cela comme vous voulez, devait se situer juste au milieu de l'espace délimité entre les deux portes. Mais j'eus beau examiner avec minutie le cadre en métal dépoli qui joignait les deux chambranles, il n'y avait aucune trace décelable ni indice d'une quelconque machinerie.

Et de plus, comment se faisait-il que ma voisine n'ait jamais remarqué cela ? Où l'ancien propriétaire de notre appartement ? Était-il possible que je fusse le premier à m'en rendre compte ?

Machinalement, j'allais et je venais à nouveau, la tête me tournait... Je repassai, encore et encore, guettant le moindre détail qui aurait pu m'échapper l'instant d'avant.

Ces allers-retours finirent par me donner le tournis, je titubai.

N'était-ce pas le concerto pour piano que j'entendais au loin ? Mon crâne allait exploser.

Et c'est à l'instant même où je passai cette satanée paire de portes, sans doute pour la cinquantième fois depuis le début de ma pitoyable mésaventure, que je tombai soudain nez à nez avec un visage inconnu.

La surprise me fit sursauter et, par réflexe, l'homme tressaillit à son tour et se remit debout.

Je me calmai aussitôt, car son regard était doux et il ne me paraissait pas être habité de mauvaises intentions.

Se remit debout ?

Je m'aperçus alors que j'étais étendu au sol, dans l'entrebâillement de la porte communiquant avec l'appartement voisin, et que le monsieur à mes côtés, indiscutablement un ouvrier de la CEG au vu de son uniforme, était en train de me prodiguer des paroles rassurantes sur mon état de santé, « ... que ce n'était pas bien grave et que tantôt, très certainement, il n'y paraîtrait plus rien. » D'autres ouvriers de la CEG étaient en train de s'affairer dans mon appartement, certains même équipés d'étranges appareils, mais pour quoi faire ?

Bientôt l'on me fit descendre sur l'embarcadère où m'attendait un transporteur médicalisé de la CEG. Et l'on me prodigua ici aussi les mêmes paroles rassurantes sur mon état de santé et « que pour toute sécurité, il valait mieux que je passe la nuit sous surveillance à l'hôpital, mais qu'il ne fallait surtout pas que je m'inquiète, car ils allaient se charger de prévenir ma famille pour tout expliquer... »

Ce n'est en définitive que le lendemain matin, et en comité restreint à l'écart des yeux et des oreilles du personnel soignant, que l'on m'informa de ce qui s'était réellement passé. Le responsable technique de la CEG était formel et sa version des faits paraissait d'autant plus crédible qu'il lui avait fallu reconnaître pour cela une erreur commise par les ouvriers de notre chantier.

Leur mission consistait apparemment à exhumer la canalisation principale passant sous notre immeuble pour la remplacer par une conduite plus moderne qui autoriserait un plus grand débit d'écoulement vers les tankers de quarantaine au nord de la ville.

Seulement, en raison d'une petite erreur d'interprétation à la lecture des coordonnées du plan, l'équipe avait commencé à creuser dix mètres trop à l'ouest et ne s'était rendu compte de la bévue qu'après avoir percé une sorte de grosse citerne qui traînait à cet endroit.

L'ouvrier le plus en aval de la tranchée avait alors eut la frousse de sa vie. En entendant soudain le sifflement strident sous ses pieds à l'endroit où venait de s'enfoncer sa perceuse laser, il crut avoir perforé le conduit principal et se dit que le gaz qui s'en échappait à présent allait tous les asphyxier sur place en moins de deux ou finir par faire sauter le quartier. La pression était telle qu'il fut projeté en l'air et retomba au sol plus de deux mètres en arrière. Heureusement, il portait son masque de sécurité, ainsi que tous les autres ouvriers du chantier.

Et alors, contre toute attente, le sifflement se mit progressivement à diminuer après une dizaine de secondes et s'arrêta même définitivement ensuite. Ce qui prouvait en tout cas qu'il ne s'agissait pas, fort heureusement d'ailleurs, de la conduite principale de gaz que personne ne s'attendait à trouver là.

Ce n'est qu'un bon quart d'heure plus tard, alors qu'ils allaient se remettre au travail sur le chantier maintenant déplacé dix mètres plus à l'est, qu'un ouvrier un peu plus préoccupé que les autres par l'éventuel risque de danger des émanations se demanda s'il ne fallait pas inspecter l'immeuble au cas où des personnes auraient été présentes et vérifier leur état de santé.

Ils vinrent directement au dernier étage, attirés par le bruit de la projection qui jouait à tue-tête (je ne l'avais donc pas éteinte ?), et me trouvèrent étendu dans le couloir entre les deux appartements.

L'ouvrier secouriste rassura immédiatement les autres sur mon état. Tout semblait normal et ce qui me maintenait étendu au sol n'était de toute apparence qu'un profond sommeil. Il dépêcha toutefois sur place une équipe du labo avec un analyseur de chantier pour faire vérifier s'il ne planait plus dans l'air de mon appartement quelques traces de la cause de mon endormissement.

Mais les contrôles s'étaient avérés négatifs, la supposée nappe de gaz ayant en toute vraisemblance dû se dissiper depuis longtemps ou n'atteindre l'appartement qu'en traces indétectables. En tout état de cause, m'avait déclaré l'expert technique, la responsabilité de la CEG ne pouvait être invoquée. D'autant que j'étais le seul occupant de l'immeuble au moment des faits, sans autre victime ni témoin pour corroborer un éventuel danger, et que rien n'indiquait finalement un lien de causalité entre mon malaise et l'incident du chantier.

Si je consentais à signer l'accord de non-recours à l'encontre la CEG, il est clair que la Compagnie accepterait volontiers de prendre à sa charge tous les dommages et frais médicaux que j'avais pu encourir. Je pouvais bien entendu consulter le dossier à ma guise.

Je n'en fis rien et m'empressai de signer séance tenante le document en question, me disant qu'il était vain de mettre en jeu l'avenir de ma famille et de ma carrière à vouloir mener contre la CEG une bataille d'ores et déjà perdue d'avance. Dans le même état d'esprit, et surtout de peur que l'on ne m'interne tout de go avec les fous, je décidai de ne rien divulguer à personne de ma mésaventure dans le double appartement.

Avant de prendre congé, j'essayai juste d'avoir quelques informations à propos de la soi-disant citerne, mais le responsable se montra extrêmement prudent dans ses réponses. Cela touchait en effet à la seule erreur belle et bien imputable à la CEG et l'on sentait clairement qu'il ne pouvait en parler librement.

Mais bon, finit-il par m'avouer, c'était effectivement une sorte de citerne métallique. Elle paraissait dater de la même époque que les ruines du temple et semblait même en faire partie intégrante. On en comprenait cependant mal la fonction à cet endroit qui était censé être réservé au déroulement d'un culte, mais qu'importe. Les ouvriers avaient reçu pour instruction de reboucher immédiatement la tranchée et de couler une épaisse chape au-dessus afin d'éviter toute nouvelle confusion à l'avenir. Je n'en sus pas un mot de plus et ainsi s'acheva mon entrevue avec le responsable technique de la CEG.

Ceci aurait également dû marquer le point final de cette étrange affaire, mais je ne pouvais me résoudre à laisser tout ainsi sans explication. Je n'avais tout de même pas rêvé ! Ou peut-être finalement que si ? Devais-je alors me rallier aux conclusions de la CEG ?

Et je sentais en outre que le souvenir de cette histoire m'échappait peu à peu, ou n'était-ce là aussi qu'un effet secondaire de mon état de choc ?

Je devais réfléchir vite, mais trop d'idées confuses se bousculaient dans ma tête... Où chercher une piste, par quoi commencer ?

Les voisins ? Avaient-ils connaissance d'un cas semblable qui se serait déroulé ici par le passé ? Par malheur, je ne pouvais risquer de faire du porte-à-porte avec mon histoire sous peine d'être immédiatement catalogué comme fou.

La porte du hall de nuit ? Ne l'avais-je pas déjà étudiée sous tous les angles possibles durant ce bizarre épisode, et elle était à présent de toute manière condamnée ainsi qu'il en avait été depuis toujours convenu avec notre voisine.

La citerne ? Peu plausible ! Et puis il était désormais matériellement impossible d'y accéder, ce qui éliminait toute possibilité de trouver une explication de ce côté.

Ou était-ce alors parmi les anciens objets ramenés des ruines par mes enfants que se trouvait la clé de ma mésaventure ? Oui, une sorte de *clé*, pourquoi pas, qui aurait déclenché l'ouverture d'un accès secret, que sais-je encore ? Mais quel objet, et comment percer le secret d'un mystère coulé d'une pièce dans un matériau probablement à l'épreuve de nos outils les plus sophistiqués ? Une chose était en tout cas certaine : ces reliques tjiquans étaient habituellement rangées chez nous dans le placard du hall de nuit, pile-poil à côté du passage entre les deux appartements. N'était-ce aussi qu'une pure coïncidence ?

J'en étais là avec mes vaines ruminations et ma triste mine depuis plusieurs jours déjà lorsqu'une proche collègue de travail, à qui j'avais vaguement relaté l'aventure sans préciser qu'il s'agissait de moi, se décida à me souffler le nom d'un ami d'une lointaine connaissance qui était extrêmement instruit en histoire tjiquan et accessoirement expert en archéologie. Officieusement en tout cas, car ces pratiques, même au titre de banal loisir, étaient loin d'être tolérées par ici.

L'homme avait échappé de justesse à la persécution pré-Base-Trois sous le couvert de sa profession de géologue, ce qui lui permettait d'ailleurs de poursuivre çà et là des fouilles discrètes au hasard des chantiers où l'envoyait officiellement... la CEG ! De l'avis de ma collègue, c'était la seule personne capable ici-bas de faire la part entre le probable et la parfaite conjecture.

Le pire m'étant déjà arrivé, je ne risquais plus grand-chose à essayer quoique ce soit de nouveau. Je contactai l'homme sur-le-champ.

Il se montra d'abord très réservé et peu enclin à m'écouter. Faisait-il semblant de ne même plus se souvenir de l'ami commun de ma collègue de travail, ou n'était-ce que par prudence, du reste bien légitime, qu'il fuyait mes questions ? Mais lorsque j'eus terminé de lui décrire où j'habitais et fait le récit en quelques mots de ma mésaventure dans l'appartement dédoublé, il se montra de plus en plus troublé et m'enjoignit de venir le rejoindre au plus vite à son domicile.

J'avais déjà un autre rendez-vous de prévu, mais en fin d'après-midi seulement et, qui plus est, à mon appartement. Cela me laissait en théorie suffisamment de temps pour répondre à son invitation, craignant qu'il ne change d'avis, et être de retour pour l'heure du rendez-vous.

Je prévins mon épouse, qui passait l'après-midi à l'appartement, au cas où j'aurais un peu de retard. Qu'elle veuille bien faire patienter mes visiteurs devant un verre en les rassurant de mon retour imminent. C'était un rendez-vous super important, insistais-je, alors que, paradoxalement, on ne m'avait même pas informé de qui ou quoi il s'agissait, car ce gros client potentiel avait apparemment préféré garder l'anonymat en contactant mon département.

Bref, je filai en vitesse, car je n'avais que le temps nécessaire devant moi. J'avais fait naguère quelques *scans* de nos objets tjiquans, comme une ultime tentative pour percer leur mystère. J'eus la présence d'esprit de les rassembler dans un cryptofichier et mis celui-ci en poche avant de partir. Ça pouvait peut-être servir ?

L'homme habitait un quartier populeux sur le bord d'une voie de premier sous-embranchement. C'était à la fois grouillant de gens pressés et assourdissant de leur vacarme. Tout le contraire de chez nous ! De plus, les immeubles étaient nettement plus hauts et aussi tous pareils, s'imbriquant parfois même à la base pour former un réseau d'accès inextricable. Tant et si bien que je me perdis à deux reprises avant d'aboutir un peu par hasard au bon endroit.

Il m'attendait au pied du bâtiment, sur le bord de l'embarcadère. Je le reconnus tout de suite, car il fumait un cylindre en papier fin de feuilles de tabac séchées, une cigarette ! Coutume pour le moins désuète à notre époque et dont m'avait prévenu ma collègue « ... afin que j'organise plutôt un visio-contact au cas où l'odeur âcre du tabac m'aurait particulièrement insupportée ! »

Ma foi, je n'en savais fichtre rien puisque je n'avais jamais senti cette chose auparavant. Plusieurs petits bouts consumés à ses pieds indiquaient qu'il n'en était pas à sa première et que, très vraisemblablement, il était descendu tout droit m'attendre ici dès la fin de mon appel.

Je me présentai, mais il détourna aussitôt le regard et fit mine de ne pas m'avoir vu.

— Il était indispensable que vous veniez au plus vite, me souffla-t-il nerveusement, juste avant de tourner le dos pour se diriger vers l'entrée de l'immeuble. Le souvenir de votre aventure pourrait disparaître d'un moment à l'autre. Venez vite !

L'homme était de stature imposante et sa peau burinée par le soleil laissait supposer qu'il ne travaillait habituellement pas dans un bureau. Il avait le crâne rasé et était habillé classiquement pour son rang.

Je n'avais aperçu son visage qu'un bref instant, mais assez que pour me faire une bonne opinion. Ce type n'était pas normal. Je n'aurais su dire si c'était quelque chose dans le regard ou quel autre détail heurtait l'entendement, mais l'impression qui se dégageait de l'ensemble n'était pas des plus rassurante.

Il me vint subitement l'envie de faire demi-tour et de m'enfuir à toutes jambes, mais il ne m'en laissa pas l'occasion. On était arrivé à hauteur du seuil et, voyant mon hésitation, il me tira prestement par la manche vers l'intérieur.

— Venez, mais venez donc, il ne faut pas que l'on se montre trop longtemps ensemble au-dehors. La CEG a des yeux partout, vous savez !

Il me tenait toujours par la veste, désormais silencieux, et l'air éteint, et m'entraîna ainsi derrière lui jusqu'à ce que l'ascenseur nous libère au douzième étage.

Nous traversâmes un long couloir obscur sur lequel débouchaient plusieurs entrées et il finit par s'arrêter devant la porte du fond. À peine l'homme eut-il refermé derrière nous qu'il sembla brusquement reprendre vie.

— Ce qui est tout à fait prodigieux, s'exclama-t-il, c'est que vous vous souveniez encore de votre aventure avec autant de détails.

Il alluma une nouvelle cigarette et se mit à traverser en toute hâte un appartement fort en désordre en faisant maintenant à peine attention à ma présence. Je lui emboîtai le pas, résigné. Il était de toute façon trop tard pour reculer et ma curiosité grandissante acheva de me convaincre.

— Non, je vous assure ! poursuivit-il, d'après ce que j'avais pu comprendre de l'analyse des rares textes tjiquans sur le sujet, il est tout à fait inhabituel de garder le moindre souvenir après ce genre d'expérience. Dans votre cas, il s'agit sûrement d'un effet de surdosage...

— De surdosage ? repris-je étonné.

Il me regarda soudain comme si j'étais le dernier des idiots.

— Eh bien oui, celui du facilitateur, pardi ! Vous ne pensez tout de même pas que les gars de la CEG étaient capables d'en réguler la quantité libérée par inadvertance.

J'allais lui dire « ah bon, les textes tjiquans parlent de cela ! » et demander « pourquoi un facilitateur ? », et puis aussi « quel rapport avec la CEG ? », mais déjà il avait tourné le coin et je dû presser le pas pour ne pas le perdre.

Nous finîmes par déboucher dans une petite pièce à l'écart qui semblait lui tenir lieu de bureau ; un tohu-bohu indescriptible ! La table de travail ainsi que plusieurs étagères étaient couvertes d'objets archéologiques tjiquans, certains très similaires à ceux que mes enfants avaient rapportés du chantier des fouilles autour de notre immeuble. Je glissai mon cryptofichier dans son lecteur et fis pivoter à l'écran de projection les *scans* que j'en avais faits.

— Ah oui ! très joli, confia-t-il quasi machinalement. Puis son visage s'assombrit et il poursuivit en chuchotant presque.

— Mais prenez garde, cela peut être très dangereux, savez-vous !

Il tira plusieurs fois nerveusement sur sa cigarette.

Gagné ! me dis-je. J'avais donc vu juste. L'un de ces objets était assurément la *clé* de mon aventure. Mais lequel ? Et comment cela pouvait-il bien fonctionner ? Voyant mon air intéressé, l'homme enchaîna aussitôt.

— Oui, c'est infiniment dangereux, même. Vous courez un très gros risque que la CEG ne vienne à découvrir ces objets illicites. Autant dire que vous pouvez faire vos adieux à Base-Trois et à toutes les autres Bases-CEG de la Confédération. Êtes-vous certain que les vôtres sont en lieu sûr ?

— Les miens ? Euh, mes objets tjiquans ? Oui..., enfin non ! avouais-je, un peu surpris. Mais l'autre danger, celui lié à leur prodigieux pouvoir, celui de la *clé*..., comment le maîtriser ou s'en protéger ?

— Quel prodigieux pouvoir ? s'exclama-t-il, à son tour très étonné. Ah, mais je ne vois pas du tout ce que vous voulez dire ! Ces objets ne sont que de simples œuvres d'art, fort belles du reste, mais sans autre fonction propre que de plaire à la vue et au toucher. Les Tjiquans avaient atteint un niveau de spiritualité bien supérieur à ce que nous pourrions imaginer.

Il en prit une en main et se mit à la caresser avec volupté, comme pour appuyer ces paroles et prouver l'innocence de l'objet. Puis il la déposa délicatement sur le bureau et se ralluma vite fait une cigarette.

— Ils en mettaient à peu près partout dans leurs habitations et à l'intérieur des lieux publics, aussi. C'est pour cela qu'on en retrouve un si grand nombre sur tous les sites archéologiques.

Tout s'embrouillait de plus en plus dans ma tête. Des œuvres d'art ? Et la fumée de son truc à tabac commençait à me piquer méchamment les yeux. Mais alors, quelle était la *clé* que j'avais utilisée pour accéder à *l'autre* appartement ?

Pour tenter de remettre un peu d'ordre dans mes pensées, je décidai de lui raconter à nouveau toute mon histoire, posément, et avec tous les détails dont je pouvais encore me souvenir.

Tout à coup, il se mit à rire très fort. Au début de mon récit, il paraissait pourtant concentré et attentif. Mais lorsque j'en arrivai à la description de mes deux appartements en tous points semblables et à la manière dont je m'y étais pris avec le mémo-calepin pour essayer de confirmer le côté surnaturel de la chose, il était littéralement écroulé de rire.

— Ah, c'est absolument merveilleux ! finit-il par s'exclamer dès qu'il eut repris assez de souffle pour parler. Je pressentais bien qu'il leur fallait un facilitateur pour ouvrir le passage, mais, jusqu'aujourd'hui, j'ignorais tout de sa nature. Savez-vous que vous êtes le premier être vivant à refaire ça depuis très longtemps, et même vraisemblablement le premier humain depuis la nuit des temps. S'il n'y avait pas la CEG pour interdire tout cela, vous seriez un héros maintenant !

— Et alors, m'impatientais-je assez brutalement, qu'y a-t-il de si drôle à cela ? Déjà que je ne comprends pas un traître mot de ce que vous me dites, il faudrait en plus que je supporte vos moqueries sans que...

— Non, non, se ravisa l'homme, en notant mon irritation. Ce qui me scie, c'est que jamais vous n'ayez mis en doute votre postulat erroné de départ, à savoir qu'il y avait *deux* appartements semblables. Et ensuite, votre entêtement à démontrer coûte que coûte l'indémontrable. Excusez-moi d'en rire encore, c'est plus fort que moi !

Il s'interrompit pour tirer quelques bouffées sur sa cigarette et puis s'éclaircit la voix en toussotant avant de reprendre sur un registre nettement plus solennel.

— Enfin, bref, la réalité est bien moins cocasse. Il n'y a jamais eu qu'un et un seul appartement, le vôtre. Et à aucun moment vous ne l'avez quitté, d'ailleurs. Enfin pas *vraiment* quitté.

— Mais alors, vous aussi me prenez pour un fou, criais-je de plus en plus irrité. Et pourquoi m'avez-vous fait venir dans ce cas ? Je peux vous certifier qu'il y avait bien deux appartements identiques, bon sang !

Mon emportement n'eut cependant d'autre effet que de lui faire hausser le ton, à son tour.

— Je vous ai fait venir parce que, depuis maintenant plusieurs dizaines d'années, je cherche désespérément à retrouver la nature d'un hypothétique facilitateur qu'utilisaient les Tjiquans pour ouvrir la porte intérieure. Sachez simplement que cette découverte pourrait révolutionner fondamentalement notre conception du monde et l'appréhension de son fonctionnement intrinsèque.

Vous n'imaginez pas à quel point j'ai tout lu sur la question, tout fouiné, tout retourné, et même tout essayé personnellement. Les substances connues et reconnues, les importations lointaines, les produits de synthèse divers, et toutes leurs combinaisons improbables, rien ! Aucun véritable facilitateur là-dedans.

Et voilà que vous, novice de première classe sans la moindre connaissance de la culture et des rites tjiquans en particulier, vous élisez domicile avec votre postérieur assis pile sur ce qui est vraisembla-blement la dernière réserve de facilitateur de la planète. Et non content de cela, vous vous offrez le luxe d'être là le jour où, par accident et sans même se douter des conséquences, la CEG décide d'en offrir une tournée générale à tout l'immeuble dont vous êtes par hasard le seul occupant à cet instant.

Et qui plus est, vous vous en saoulez jusqu'à la dernière goutte, cette démesure vous laissant contre toute attente, primo, la vie sauve et, deuzio, avec le souvenir vivace, mais totalement contre nature de votre mésaventure intérieure que vous auriez dû intégralement oublier à votre réveil, tandis qu'en bas l'on condamne d'une chape la citerne millénaire désormais vidée de son inestimable trésor.

Son intonation, qui s'était graduellement emballée, s'effondra soudain, laissant juste dans sa voix un léger chevrotement qui trahissait une tension extrême.

— Voilà pourquoi je vous ai fait venir ! Parce que chaque mot que vous prononcez, chaque syllabe que vous marmonnez, et même chaque silence que vous expirez de vos poumons contiennent pour moi plus de renseignements que je n'ai pu jusqu'à présent et ne pourrai dorénavant en obtenir ailleurs sur ce mystère insondable. Cela vous suffit-il, ou dois-je me mettre à genoux pour avoir votre coopération ?

Oh là ! me ravisai-je mentalement, quelle maladresse de ma part d'avoir ainsi laissé transparaître mon irritation. Voilà que j'avais fait resurgir de son passé toutes ses frustrations accumulées. J'avais manifestement touché la corde sensible de ce pauvre type et de son histoire personnelle qui, somme toute, n'avait aucun rapport direct avec la mienne.

Je levai la main, en signe de paix, mais il interpréta le geste comme un au revoir.

— Attendez, fit-il, encore un instant, vous allez comprendre. Savez-vous ce qui détermine la direction du temps ? Cette simple question vous a-t-elle seulement déjà effleurée ?

Il me fixa un instant en biais d'un regard étrangement vide. Deux filets de fumée s'écoulaient lentement de ses narines et je sentis soudain fondre totalement les dernières traces de mon irritation pour faire place à un profond malaise. Et il en rajoutait davantage.

— Ouais ! cela vous semble sûrement tout naturel que le temps s'écoule du passé vers le futur, et non l'inverse. Mais sachez que rien n'est moins évident, bien au contraire ! La flèche du temps est peut-être beaucoup moins rigide que vous ne le croyez ?

Il s'arrêta de nouveau, cherchant manifestement dans son esprit à retrouver le fil conducteur entre ses lambeaux de théorie et son interprétation de mon aventure récente.

Je possédais, comme tout haut fonctionnaire travaillant au cœur d'une Base-CEG, quelques honnêtes notions de physique supérieure, cela va sans dire. J'aurais pu lui réciter sans peine au moins cinq bonnes raisons justifiant l'asymétrie du temps. Mais quel rapport avec mon histoire ? Et dans quel imbroglio m'étais-je fourré !

Comme je ne pouvais cependant pas m'éclipser en pleine crise, je décidai de me prêter au jeu quelques instants, question de calmer notre bonhomme avant de prendre gentiment congé pour toujours.

J'entrepris donc, par quelques phrases prudentes, mais bien senties, de lui montrer que je n'étais pas le premier imbécile venu en matière de physique temporelle et que, accessoirement, il ne s'agissait pas de me raconter n'importe quoi.

Trop content de voir que je prolongeais notre entrevue, l'homme vint se planter devant moi et se força même de me montrer toute l'attention dont il était encore capable.

D'abord, dis-je, la flèche du temps pointait bien dans un seul sens et systématiquement dans le même.

Nombre de principes, tous autant asymétriques les uns que les autres, constituaient de solides et indubitables fondements de la direction temporelle. Un univers symétrique au temps s'avérait dès lors tout à fait inconcevable, simplement déjà parce qu'il contiendrait autant de matière que d'antimatière.

Se souvenait-il de la probabilité de désintégration du méson K°, toujours plus élevée pour le processus normal que pour celui du temps inversé. Aussi, il était clair que les systèmes isolés montraient un état de désordre systématiquement plus faible dans leur passé et devenaient plus désordonnés dans leur futur.

Et l'univers cosmologique, n'évoluait-il pas immuablement du plus chaud vers le plus froid, et du plus petit vers le plus grand ?

Enfin, conclus-je, notre flèche du temps à l'échelle humaine vous paraît peut-être purement subjective, mais elle n'en est pas moins impossible à renverser, ce qui implique, par exemple, que l'on puisse garder le souvenir de notre passé alors que jamais l'on ne se souvient du futur !

— Mais oui ! bien sûr... « on ne se souvient du futur », répéta mon lascar, en proie soudain à une jubilation extrême. Ce que vous dites là est rigoureusement correct. Car de tous vos beaux principes, quel est celui qui impose vraiment le sens de la flèche du temps. Et où se cache alors l'explication sur l'*origine* de celle-ci ?

Il dessina du bout incandescent de sa cigarette un long point d'interrogation dans l'air enfumé et me fixa ensuite de ses gros yeux ahuris.

— Et c'est précisément là qu'intervient le plus mystérieux de tous les principes physiques de notre univers : la loi de causalité, qui règne en maître sur toutes vos petites flèches temporelles. Cette règle, qu'apparemment rien n'ébranle, et qui veut que, dans un système référentiel donné, une cause précède toujours l'ensemble de ses conséquences.

Évidemment ! qu'une cause devance sa conséquence doit vous paraître extrêmement naturel, mais sachez que l'unique fondement de ceci est tout simplement que personne n'a jamais constaté l'inverse. Un peu maigre comme preuve, ne trouvez-vous pas ? Et aucun scientifique de ce bas monde n'est en mesure de nous démontrer pourquoi, et cela fait des millénaires qu'on s'y casse les dents.

Il attira un siège à lui et s'y laissa tomber en poursuivant aussitôt. Je ne soufflai mot, craignant d'alimenter davantage un débat qui me semblait aussi vain qu'imprudent.

— Oui, des millénaires d'une causalité bien tangible, mais parfaitement impossible à démontrer !

Pourtant eux, les Tjiquans, ils avaient trouvé la faille ! Si le principe de causalité devait nécessairement rester invariable dans un référentiel donné, peut-être suffisait-il de créer un autre référentiel, identique au premier, mais où la flèche du temps pouvait alors être manipulée. C'est fort probable ! Et il est vraisemblable aussi que la porte qui mène à l'autre référentiel puisse tout simplement être en nous. Est-ce alors notre conscience qui voyage, ou autre chose encore ? Mais il est clair que le corps matériel ne peut voyager, ni dans le passé, ni dans le futur, car sinon l'on aurait la faculté de modifier le cours des choses. Faut pas exagérer, si c'était possible, ça se saurait !

Sa cigarette s'était maintenant consumée jusqu'au bout et je le vis grimacer en secouant brusquement la main pour s'en défaire. Il en ralluma une sur-le-champ et tira une profonde bouffée en fixant le plafond d'un air absent.

— J'aurais vraiment aimé vivre à cette époque, soupira-t-il, imaginez-vous quelle liberté. Un esprit sans contrainte, ni dans l'espace, ni dans le temps !

Peut-être s'agit-il de ce que nous autres humains parvenons à de rares occasions à effleurer du bout des doigts, une vague prémonition, l'impression d'un déjà-vu...

Sans doute le passage peut-il parfois s'ouvrir un bref instant par inadvertance, alors que d'autres essayent vainement d'activer le processus par l'utilisation de drogues qui faciliteraient la démarche.

Il fit une courte pause, comme pour évaluer toute la portée sa réflexion.

— Dans votre cas, la porte du second référentiel s'est probablement ouverte en vous juste à l'endroit où vous étiez lorsque le facilitateur a débuté son action, donnant l'illusion qu'au-delà de ce point commençait un autre appartement.

Alors que, restant au même endroit, vous passiez tout bonnement à un autre point de la ligne du temps. Sûrement quelque part dans l'avenir, d'ailleurs, car sinon vous vous seriez souvenu d'avoir déjà vécu la scène précédemment, non ? Et ensuite, c'est au tour de vos allées et venues, ou plutôt allers-retours, sur l'axe du temps, passant et repassant la porte en croyant que votre voisine de palier vous joue des plaisanteries. Ne maîtrisant pas la chose, vous avez vraisemblablement dû faire des sauts erratiques à différentes époques de votre futur... Ah ça ! je pourrais en rire sans fin, mais il s'agit de redevenir sérieux à présent, car nous avons encore du boulot.

Il se leva d'un bond de son siège sans toutefois me quitter du regard. Je retins de justesse un réflexe de recul, dieu sait quelle pouvait être la réaction d'un tel énergumène.

— Voilà ce que nous allons faire, conclut-il. On va chez vous tout de suite et nous allons tenter de reproduire la même expérience, mais avec une de mes drogues à la place de leur gaz. Puis, si ça ne marche pas, on en essayera une autre... et puis encore s'il le faut.

Il se faufila aussitôt derrière son bureau et après avoir farfouillé en tous sens dans le premier tiroir il revint tout droit vers moi avec un air de plus en plus hébété.

— Allez-y, prenez, prenez... ! ordonna-t-il en me tendant nerveusement trois comprimés blanchâtres qu'il tenait au creux de la main.

Plus le choix, je reculai prudemment d'un pas.

— Mais si, prenez..., rajouta-t-il en suppliant presque. Je suis sûr que c'est le meilleur facilitateur dans votre cas. Vous avez déjà franchi la porte une première fois, cela devrait être plus aisé maintenant. Et en plus, si cela ne fonctionne pas, tout ce que vous risquez c'est d'être un peu éméché pendant quelques heures. Ce n'est pas désagréable, je vous assure !

Oups ! il devenait vraiment temps que je file. Ce type était carrément fou à lier. Ou alors complètement dopé, mais en ce qui me concernait cela revenait au même. À force de se triturer les méninges avec ces vieilles histoires fumeuses et d'ingurgiter n'importe quoi comme saloperie, il avait fini par rester coincé dans son délire sans qu'il s'en aperçoive. Autant dire que le gaillard était solidement irrécupérable et qu'il ne fallait surtout pas que je plonge avec lui.

Je pris aussitôt congé de mon bonhomme en prétextant n'importe quoi. Il était encore avec les trois comprimés dans sa main tendue que déjà j'avais claqué la porte et j'étais en bas de l'immeuble. Il était tard aussi et j'étais fatigué. Le mieux qu'il me restait à faire était d'essayer d'oublier toute cette histoire au plus vite. D'ailleurs, il ne s'était peut-être rien passé du tout, en définitive. Comme c'était au demeurant écrit et certifié noir sur blanc dans le rapport officiel de la CEG.

Je jetai à plusieurs reprises un regard prudent par-dessus l'épaule pour vérifier qu'il ne me suivait pas. Mais sûrement que toutes ses drogues lui avaient trop ramolli le ciboulot pour ce genre de poursuite, car il n'apparaissait toujours pas sur mes traces. Je ne pris donc aucune précaution supplémentaire et rentrai tout droit à la maison.

Ma femme m'attendait sur le palier de l'appartement. Sûrement avait-elle vu arriver mon transporteur par la fenêtre. Elle avait l'air de piétiner d'impatience et affichait une mine assez contrariée. Lorsque j'arrivai à sa hauteur, elle me lança sèchement :

— Alors, tu les as croisés ?

Et comme mon expression de surprise lui indiquait mon incompréhension, elle me rappela vite fait et sur un ton assez moralisateur que je venais de rater mon rendez-vous *super* important. Et que les deux messieurs *super* importants semblaient assez mécontents de devoir rentrer bredouilles après avoir patienté plus de trois quarts d'heure à m'attendre. Ils venaient juste de partir et avaient manifestement emprunté l'autre bulle, sinon je les aurais certainement croisés.

— Ah zut, zut, et rezut ! fis-je, en me précipitant à l'intérieur de l'appartement. Par-dessus le marché, le cinglé aux pilules m'avait fait louper mon rendez-vous. En me dépêchant, il me restait peut-être encore une chance de les apercevoir par la fenêtre, de les rappeler.

Mais j'arrivai juste à l'instant ou les deux hommes embarquaient dans leur transporteur. Trop tard ! Le véhicule était parqué sur l'embarcadère d'en face, prêt à redémarrer dans le sens de la sortie, et je ne vis tout juste que leur dos. C'était en tout cas suffisant pour me rendre compte que je ne les connaissais pas. Ni l'un, ni l'autre. Et pas le temps de redescendre.

Je frappai plusieurs fois de mes poings avec force sur la fenêtre pour attirer leur attention, mais l'insonorisation était parfaite et je ne pouvais pas faire grand bruit à mains nues. Je saisis alors le premier objet qui me tombai sous la main – mon mémo-calepin traînait là au sol – et frappai encore sur la vitre, mais sans succès. Zut, zut et rezut ! Déjà les portières se refermaient sur eux. Plus d'espoir ! L'engin démarra brusquement, faisant virevolter dans son sillage quelques feuilles mortes de børganier.

C'était un petit transporteur biplace de couleur bleue d'Ioz, d'une marque peu courante pour Base-Trois. Peut-être avec cet indice avais-je une petite chance de retrouver son propriétaire. Sûrement au Service des immatriculations allait-on pouvoir me donner quelques indications.

Et puis, il me semblait l'avoir déjà vu quelque part, ce petit transporteur ?

L'EXTRATERRESTRE

— Extraterrestre ! avait fini par répondre Dhjorn avec un sourire fripon.

On en était à l'heure du dessert et toute la famille se trouvait attablée autour d'un immense gâteau à la crème. Six bougies venaient tout juste d'être soufflées.

On en était aussi au moment où les langues se délient et les conversations s'égarent à propos de tout et de rien. Et comme c'était aujourd'hui l'anniversaire du petit Dhjorn, il était normal qu'on s'intéresse tout d'abord à lui.

— Oui, oui, extraterrestre, répéta-t-il avec insistance.

Ceux qui attendaient patiemment que le jeune garçon leur confie « qu'aimerais-tu faire plus tard lorsque tu seras grand comme papa ? » étaient restés quelque peu déconcertés par la réponse. Ce qui n'avait d'ailleurs fait que renforcer l'amusement du gamin et sa conviction d'avoir tapé dans le mille.

Maman s'était levée pour couper le gâteau et servir les parts.

— Voilà ! Qui veut un petit, qui veut un plus grand ?

Histoire surtout de faire diversion.

— Honneur à toi, mon fils, comme ceci, ou comme ça ? joignant, avec son couteau au-dessus du gâteau, le geste à la parole.

Mais Dhjorn n'allait pas se laisser voler aussi facilement l'attention qu'il venait tout juste de gagner.

— Oh non, beurk ! Pas pour moi ce truc-là ! Les extraterrestres, ça ne mange pas du gâteau.

Eh oui ! même si Dhjorn ne maîtrisait sans doute que très imparfaitement le sens de ce nouveau mot, on pouvait être certain qu'il allait le ressortir jusqu'à l'usure. À commencer par celle de ses parents.

Gheridan ne put s'empêcher d'y ajouter son grain de sel.

— Pauvre Dhjorn ! Non, mais, sérieusement, quelqu'un peut-il m'expliquer à quoi cela mène de soumettre un enfant de cet âge à ce genre de question ? Son futur métier ? pensez donc ! Voilà encore bien une stupide obsession d'adulte !

Le ton de la remarque était délibérément cinglant, mais personne ici n'en fut étonné. Tous connaissaient de longue date le tempérament provocateur de monsieur Gheridan-je-sais-tout. Et même s'il n'était en définitive qu'un homme tout bonnement instruit, doté d'un sens de la répartie un peu plus aiguisé que la moyenne, les gens n'avaient d'ordinaire retenu de lui que son côté caustique et le considéraient de ce fait avec beaucoup de réserve, voire même avec une certaine crainte.

D'aucuns se seraient même franchement passés de lui aux traditionnelles fêtes d'anniversaires si, liens familiaux obligent, Gheridan n'avait été à la fois le parrain de Dhjorn et le frère de Maman-Dhjorn.

— Question déplacée, réponse à l'avenant ! enchaîna-t-il, comme personne ne bronchait. Pas vrai, Ovgöne ? Pourquoi ne demandes-tu pas à Dhjorn, tant qu'à faire, s'il n'éprouve aucune angoisse métaphysique à l'idée de la mort ?

Rien d'étonnant non plus à ce que Gheridan s'en prenne à Ovgöne. D'abord, c'était bien d'elle que venait la question un peu niaise sur l'avenir professionnel de Dhjorn. Et puis surtout, Ovgöne était l'incarnation même de la bêtise. Avec, de surcroît, une voix piailleuse et haut perchée dont le timbre seul suffisait à mettre définitivement en fuite les plus indulgents que sa stupidité n'avait encore découragés. Elle représentait donc, à plus d'un titre, une cible de choix pour les sarcasmes de Gheridan.

Elle s'apprêtait à répliquer maladroitement, comme de coutume, lorsque Dhjorn intervint :

— Eh, parrain ! c'est quoi ça, la métaphysique de la mort, dis ?

— Finis d'abord ton gâteau, coupa maman. On ne te demande rien de plus pour l'instant.

Ah, zut ! se dit Dhjorn, revoilà faut-finir-son-assiette qui s'en mêle. Faut pas que je perde la face devant toute la famille, surtout pas le jour de mon anniversaire !

Toutefois, il n'avait toujours pas touché à son assiette et il connaissait suffisamment bien la ténacité de sa mère pour savoir que ses chances de l'endormir étaient maigres. D'autant plus que, assise près de maman de l'autre côté de la table, sa petite sœur Frazaë observait à présent la scène très attentivement pour voir si elle aussi, à l'instar de son grand frère, allait pouvoir repousser cet affreux gâteau plein de crème. Et maman faut-finir-son-assiette avait bien entendu déjà flairé le complot.

Si au moins il pouvait s'allier le renfort de son parrain. Leur complicité fonctionnait d'habitude à merveille. C'était d'ailleurs dans l'intention de bien s'amuser ensemble qu'il l'avait fait asseoir à ses côtés. Il scruta furtivement le regard de parrain Gheridan et y trouva tout de suite le signe qu'il attendait.

— Mais maman, j'avais dit beurk ! pas ça, fit Dhjorn d'un air fâché en montrant du doigt sa part de gâteau. C'est pas juste, quoi ! Tu m'en as donné tout plein quand même !

Maman fit mine de ne pas avoir entendu et repoussa l'assiette d'une main décidée sous le nez de son fils.

Comme elle ne disait toujours rien, Gheridan en profita pour s'immiscer.

— Je crains fort, mon petit Dhjorn, que je ne puisse te fournir maintenant une explication détaillée concernant la métaphysique. C'est un concept fort abstrait pour un garçon de ton âge. N'y voit rien de personnel, c'est tout à fait normal.

Il fit une courte pause. À part son filleul un peu surpris, personne ne semblait l'écouter. Mais ce n'était pas ça qui allait l'arrêter.

— Par contre, Dhjorn, tu as sans aucun doute raison au sujet de ton dessert. Si quelques extraterrestres venaient à débarquer, ce n'est vraisemblablement pas à ton gâteau qu'ils s'en prendraient pour commencer. Ils préféreraient bien sûr nous manger nous d'abord !

Et en mettant juste le soupçon nécessaire d'intonation dramatique sur les derniers mots, parrain Gheridan obtint instantanément l'effet escompté. La plupart des visages étaient à présent tournés vers lui. Même Grand-père, en dépit de son éloignement à l'autre bout de la table, s'était senti obligé d'interrompre sa miniature en mie de pain et fixait Gheridan d'un regard dubitatif.

— Comment ça, nous manger nous ? fit Ovgöne interloquée. Tu veux dire qu'ils voudraient nous manger ? Mais c'est dégoûtant ! Mais..., on ne peut pas laisser faire ça !

Voilà ce que j'attendais, se dit mentalement Dhjorn. Parrain va tous les embobiner avec ses sornettes et, d'ici quelques minutes, plus personne ne se souviendra de mon gâteau.

— Oh, mais, bien sûr que non, ma chérie ! intercéda timidement Ayhjo, le mari d'Ovgöne.

C'était un homme réservé et, d'ordinaire, parmi les moins loquaces aux réunions de famille. Mais il supportait mal de voir sa femme, aussi peu intelligente soit-elle, ridiculisée aux yeux de tous par ce diable d'homme.

— Gheridan veut tout simplement nous faire une blague, poursuivit Ayhjo. Tu sais bien que les extraterrestres, cela n'existe pas pour du vrai, n'est-ce pas ma chérie ?

Il n'avait pas encore terminé sa phrase que déjà son fils Kharl le contredisait.

— Ah ! c'est trop nul, ça ! Mais bien sûr que si, papa, que ça existe, des extraterrestres !

La réaction de Kharl eut d'ailleurs été identique s'il s'était agi d'un tout autre sujet. Depuis un certain temps déjà, la moindre parole même anodine de ses parents était systématiquement contestée. Pauvre d'Ovgöne et d'Ayhjo !

— Même que tu sais, enchaîna Kharl, au magasin *Boy & Toy*, pour preuve, j'ai vu une tenue complète de soldat extraterrestre. Une vraie, juré ! Avec un casque de combat et des bottes de pseudo-gravité, un fusil à bulles de plasma et des grenades *Vlam* ! Comme dans le film avec... euh, ah zut !

Cela faisait quelques minutes que Dhjorn s'était mis discrètement au devoir d'étaler la crème fraîche sur le pourtour de son assiette afin de réduire le volume apparent de sa part de gâteau. Il redressa brusquement la tête au son de *Boy & Toy* ! Ça devenait vachement intéressant. Et cousin Kharl qui n'était pourtant que de trois ans son aîné semblait déjà en connaître un fameux bout sur la question des extraterrestres.

Frazaë, quant à elle, tout excitée à reproduire les bêtises de son frère, n'avait pas directement prêté attention au développement de la conversation. Mais en voyant plusieurs adultes en débattre avec gravité, elle avait fini par se dire qu'il pouvait tout compte fait s'agir d'une affaire très sérieuse et en avait tout aussitôt contracté une petite frayeur.

— Hein, bonne-maman, qu'ils n'vont pas nous manger, les n'extraterrestres ?

Bonne-maman ne répondit rien. Elle se contenta de lui faire un tendre sourire, à la fois chaud et réconfortant, avec un tout petit signe négatif de la tête.

Frazaë s'en trouva tout de suite ragaillardie et se remit bien droite sur sa chaise.

— Maintenant, on va tous jouer à *est-ce-que-ça-s'mange-ou-ça-n'se-mange-pas* conclut-elle. D'abord un lapin, *est-ce-que-ça-s'mange-ou-ça-n'se-mange-pas* ?

Mais déjà, plus personne ne lui prêtait attention.

— Ah ! tu vois, hein, reprit Ovgöne, en se tournant fièrement vers son mari. La petite aussi n'avait pas compris que Gheridan faisait une plaisanterie. En tout cas, même si tu penses que ça n'existe pas, moi je dis finalement que ce serait plutôt sympa qu'il y ait d'autres gens que nous dans l'espace.

Elle vit le regard à nouveau inquiet de Frazaë et ajouta rapidement :

— Et puis, comme c'est sûr qu'ils ne peuvent pas être des méchants, ce serait chouette qu'un jour on se rencontre pour rigoler ensemble, hein les enfants ?

Elle non plus, personne ne lui prêtait attention. Hormis Gheridan, bien sûr.

— Tss, tss, pauvre naïve, c'est bien toi, ça ! Tu t'imagines vraiment que si des extraterrestres décident de venir nous rendre visite par un beau matin, après avoir déjoué les mille et un dangers du cosmos et enduré la traversée de la moitié de notre univers, ce serait juste pour nous serrer la pince (en admettant qu'ils en aient une, ajouta-t-il entre les dents) et nous débobiner un petit laïus du style : « Bonjour ! amis de toujours – *bip* – que diriez-vous d'un fraternel échange culturel entre nos deux civilisations pour réjouir nos cœurs et communier dans l'infini bonheur ? – *bip, bip* – »

Ovgöne resta médusée, comme si le sens de la moitié des mots lui avait échappé. Un peu tout le monde, du reste, se demandait où Gheridan voulait en venir.

— Apprends plutôt aux enfants à détaler vite fait, poursuivit-il en accompagnant les derniers mots d'un geste de deux doigts qui courent à toute vitesse sur la table. Car s'ils débarquent un jour chez nous, nos amis de toujours, ce sera beaucoup plus vraisemblablement pour nous manger *tout cru* que pour discuter de littérature contemporaine, crois-moi !

— Oui, mais moi, je veux être un gentil extraterrestre ! fit Dhjorn avec fierté, croyant à une trahison de son parrain.

— Il n'y a pas de gentils extraterrestres, corrigea Gheridan avec un clin d'œil complice. Puis s'adressant d'un regard circulaire au reste de la table :

— J'en suis désolé, ils sont tous nos ennemis naturels, par définition.

PAPA-DHJORN (visiblement importuné par la prestation de son beau-frère, alors qu'il s'apprêtait à digérer tranquillement son repas) — Comment ça, par définition ? Tu vas t'expliquer à la fin !

OVGÖNE — Oh, mais ! vous n'allez pas vous disputer tout de même. D'ailleurs Ayhjo chéri a dit que les extraterrestres, cela n'existe pas.

KHARL — Bip-bip-bip !

AYHJO (en rougissant) — Ne te soucie pas de cela, Ovgöne chérie, s'il te plaît. Puisque je te dis qu'il s'agit d'une plaisanterie.

MAMIE BHLOCH (qui venait de s'arracher lourdement de sa chaise en s'aidant de part et d'autre des épaules de ces deux fils, Ayhjo et Papa-Dhjorn) — Oh ! Dieu du ciel, mes enfants ! Je pense que je vais aller m'installer quelques instants dans le sofa. Ce n'est assurément plus de mon âge toutes ces histoires d'extraterrestres.

KHARL — Bip-bip-bip !

AYHJO — Et puis toi, Kharl...

KHARL — ... oh non ! on ne peut jamais rien dire ni rien faire avec vous !

Gheridan sentit tout d'un coup que la discussion était sur le point de chavirer à son désavantage et qu'il devait en reprendre le contrôle illico.

— Mais, bon sang ! Ce que vous pouvez perdre votre temps en caquètements improductifs !

Il avait haussé légèrement le ton et s'était fait plus agressif dans l'espoir que plus personne ne l'interrompe.

— Ce n'est pourtant pas si compliqué, posez-vous les bonnes questions et elles vous conduiront naturellement aux conclusions qui s'imposent.

Il s'arrêta le temps d'une respiration, juste pour s'assurer que son auditoire restait cette fois attentif.

— Pourquoi recevrions-nous un beau jour la visite d'êtres extraterrestres ? Voilà la bonne question.

Il scruta furtivement le regard de chacun, sachant que de toute manière personne ne s'aventurerait à répondre à sa place.

— Et bien tout simplement parce qu'ils en ont la faculté, et nous pas. En nous rejoignant, ils font preuve de leur maîtrise parfaite de la technologie des voyages sidéraux et de toute la sophistication que cela implique. Alors que nous sommes à peine capables de faire le tour du nid où nous venons au monde. Ils sont donc forcément plus évolués que nous. Ce sont nos supérieurs !

Gheridan marqua à nouveau une courte pause avant de reprendre sur un ton plus jovial.

— Le mieux qui puisse nous arriver serait que nos envahisseurs possèdent une intelligence tellement supérieure à la nôtre que notre existence n'aurait alors aucune véritable réalité pour eux. Ils nous ignoreraient superbement, de même qu'il ne nous viendrait personnellement pas à l'idée d'engager une conversation avec le lichen vert-de-gris sur l'écorce des arbres, n'est-ce pas ?

(silence)

— Notre pire malchance, par contre, serait de voir débarquer des êtres à peine plus évolués que nous. Pensez donc ! Cela leur ficherait une telle trouille de comprendre que nous pourrions être une menace pour eux qu'ils nous liquideraient tous d'un coup sec. Couic !

Notre propre passé regorge d'histoires semblables. Voyez par exemple ce que les Espagnols d'Hernando Cortez ont fait subir aux pauvres Aztèques qui attendaient, adoratifs et prosternés, leur Dieu sauveur. Couic et recouic !

— Et selon la dernière théorie de mon petit frère, intervint Maman-Dhjorn, les Espagnols auraient donc fait couic aux Aztèques afin de pouvoir les manger *tout cru*, c'est bien cela ?

Elle avait conclu avec un sourire moqueur, mais Gheridan ne se laissa pas piéger. Cela faisait bien longtemps déjà qu'il ne se formalisait plus des taquineries de sa grande sœur et il ne fallait surtout pas qu'il s'emporte maintenant. Car tant que faut-finir-son-assiette s'occupait de toute autre chose que de faire finir les assiettes, c'était dans la poche. Il poursuivit d'un air enjoué.

— Non, bien sûr, encore que ? Nous-mêmes, ne mangeons-nous pas d'ordinaire une quantité de choses auxquelles nous avons supprimé la vie ? Sans trop y réfléchir, au demeurant. Et l'essence même de ces choses sacrifiées à notre alimentation est-elle à ce point dissemblable de la nôtre que nous puissions en toute occasion être certains de ne pas commettre une infamie ?

Maman-Dhjorn garda un semblant de sourire en signe de défense, mais l'on sentait bien qu'un sérieux doute venait de s'infiltrer dans son esprit. Elle s'abstint toutefois d'intervenir sur un sujet qui, elle le savait déjà, allait finir par lui donner des haut-le-cœur.

— Et puis, que je te rassure, insista Gheridan, il existe bien d'autres alternatives à être dévoré par l'envahisseur. Si les extraterrestres ne nous trouvent pas à leur goût d'un point de vue culinaire, ils pourraient aussi nous utiliser pour quelque chose de très différent dont nous ne suspectons même pas l'existence. Tout et n'importe quoi, du moment que cela leur est utile. Que sais-je ?

— Eh bien oui, que sais-tu ? répéta maman, trop contente que la conversation dévie sur un autre sujet.

— Ah, tu veux des exemples, et bien je n'ai que l'embarras du choix ! Ce pourrait être une substance chimique particulière sécrétée par l'épiderme de notre corps et qui se révélerait être pour eux une vitamine essentielle à leur survie ? Ou juste une phéromone qui leur procurerait un niveau d'excitation incomparable au cours de leurs ébats sexuels. Peut-être qu'ils nous presseraient comme l'on fait d'une orange pour en extraire le jus ? Humm..., un vrai délice !

Maman afficha une moue pas trop convaincue tandis qu'Ayhjo, le visage écarlate et les yeux rivés sur ses souliers, se souvenait sur le coup du jour où Ovgöne lui avait rapporté de la poudre de corne de rhinocéros dont un herboriste chinois avait vanté les puissantes vertus aphrodisiaques. Honte sur lui, et pauvre rhinocéros !

— Il pourrait s'agir aussi d'une vague aptitude que nous ignorons nous-mêmes, et qu'ils pourraient utiliser à leur profit, voire même à notre insu. Comme une fonction inexploitée de notre cerveau dont ils se serviraient comme relais pour leurs communications télépathiques longue distance, que sais-je ?

Difficile toutefois d'imaginer que le cerveau d'Ovgöne puisse être utile à quelque chose, pensa Gheridan en un éclair, mais il se garda bien de le formuler à haute voix. Il était arrivé au cœur de son argumentation et ne pouvait plus se laisser distraire, même pour le plaisir de tarabuster la grande sotte.

Car il ne fallait surtout pas laisser une seule occasion à maman faut-finir-son-assiette de reprendre le fil de son idée fixe. Tout le monde paraissait attentif, excepté bien sûr Mamie Bhloch qui n'avait pas mis plus de deux minutes à s'endormir dans le divan. Mais c'était sans importance et il réattaqua aussitôt.

— Réfléchissez seulement à la manière dont nous exploitons les espèces vivantes qui nous sont proches et vous aurez immédiatement compris ce que pourrait vous faire subir une nouvelle espèce qui nous dominerait. En quoi préféreriez-vous terminer votre carrière : cheval de course, chien de traîneaux ou phoque dans un cirque... ?

... (nouveau silence).

— Croyez-vous que le quotient intellectuel du phoque soit à ce point différent du nôtre que nous ne pourrions être un phoque pour d'autres ? Cette fois-ci, Gheridan ne résista pas au plaisir de faire peser son regard interrogateur sur Ovgöne.

— Ah oui, maintenant aussi le phoque, ajouta Frazaë, qui sait dire *est-ce-que-ça-s'mange-ou-ça-n'se-mange-pas* ?

Ovgöne semblait assez mal à l'aise avec les yeux de Gheridan encore fixés sur elle, mais, de toute évidence, elle n'avait toujours pas compris le sens de sa dernière moquerie.

— Pourquoi est-ce qu'il me regarde comme ça, lui ? J'ai l'air d'être habillée comme un phoque, ou quoi ? Et pour quelle raison les extraterrestres s'en prendraient-ils aux phoques maintenant ?

— Ne t'en fais pas pour tout cela, chérie, pleurnicha presque Ayhjo. Puisque je te répète qu'il n'y a dans tout l'univers pas la moindre trace d'un quelconque extraterrestre et que...

— Mais bon sang que si, chez *Boy & Toy* ! grogna Kharl, l'air exaspéré de devoir continuellement répéter la même chose. Puis se tournant à nouveau plus enjoué vers Dhjorn :

— C'est dingue tu sais, ce truc ! Tu dois absolument y aller avec tes parents. Et demande bien la tenue complète, O.K. !

Et pourquoi ne voudrait-il pas plutôt devenir sapeur-pompier ou agent de police ? songea le père de Dhjorn. De mon temps, on avait au moins le goût du prestige de l'uniforme. Cette casaque d'extraterrestre ne tient certainement pas la comparaison.

— ... précise aussi qu'il faut les bottes de pseudo-gravité et le casque de combat, poursuivait Kharl, plus un fusil à bulles de plasma et des grenades *Vlam*, ssschuinnnzz...

... et le tout pour pas moins d'un mois de salaire, conclut mentalement le père. Est-ce que ce satané Kharl va bientôt fiche la paix à mon fils ?

Cette pensée le tira soudain de l'état de somnolence dans lequel l'avait plongé la fin du repas. Il lui sembla devoir intervenir rapidement sinon le processus allait devenir irréversible. Dans l'esprit de Dhjorn, en tout cas.

Il toussota à deux reprises pour s'éclaircir la voix et se redressa sur sa chaise avant de poursuivre.

— Dhjorn, j'ai peine à croire que tu portes un tel intérêt aux extraterrestres ? Il y a moins d'une semaine encore, tu souhaitais devenir fermier comme tonton Ayhjo, me semble-t-il ? N'était-ce pas là un beau métier ?

Il retint avec peine une grimace de dégoût en songeant à l'affreux bétail que son frère élevait à la ferme. Car, à tout prendre, il valait encore mieux l'hypothèse improbable de voir son fils déguisé en vulgaire fermier que son salaire amputé à coup sûr d'une ruineuse panoplie d'extraterrestre.

— Oui, papa, fit machinalement Dhjorn (il avait à peine écouté et aussitôt classé la question comme étant sans intérêt puisqu'elle ne contenait pas le moindre *Boy* & *Toy* dans l'énoncé).

— Oui quoi, Dhjorn ? Oui, pour fermier, ou oui, non pas ça ?

— Euh..., non, papa, souffla Dhjorn timidement, en comprenant de moins en moins ce que lui voulait son père.

— Et si tu le laissais d'abord terminer son dessert, intervint maman avec un regard désapprobateur vers son mari.

Gheridan se retint de justesse de trahir son désappointement. Sa petite causerie n'avait donc pas suffi à faire décrocher maman faut-finir-son-assiette.

À l'opposé de la table, Papa-Dhjorn tournait la tête bon train alternativement vers son fils et son épouse, l'air assez mécontent et ne sachant plus s'il devait continuer à sermonner Dhjorn sur le thème de l'importance des choix d'avenir ou réprimander d'abord sa femme de l'avoir interrompu en rajoutant à la confusion générale.

C'est ce moment particulier que choisit Gheridan pour une ultime tentative de diversion.

— Mais oui, Dhjorn, fermier ! C'est une excellente idée, n'est-ce pas ? Je suis en outre agréablement surpris que ton père ait fini par revoir son jugement quant à la valeur indiscutable de ce métier.

Puis, avec un clin d'œil faussement complice à l'attention de tonton Ayhjo :

— Il n'a pas toujours été d'accord avec son frère à ce sujet, crois-moi !

Le visage d'Ayhjo prit instantanément une teinte rouge pivoine tandis que, face à lui, contenant avec peine son état d'emportement de plus en plus manifeste, Papa-Dhjorn balbutiait maladroitement quelques mots en guise de défense.

C'était vrai, il n'avait jamais pu se faire à l'idée que son frère opte pour ce répugnant métier ; un fermier dans la famille, rendez-vous compte ! Et si la mésentente à ce sujet était déjà fort ancienne, elle n'en était pas pour cela moins vivace aujourd'hui.

Ça alors ! s'avisa Dhjorn tout d'un coup, pourquoi papa s'imagine-t-il que je voudrais devenir fermier ? C'est vrai que j'adore aller à la ferme pour jouer avec Kharl, surtout à la super balançoire qui est suspendue juste au-dessus de la rivière. Ça, c'est géant ! Mais n'empêche, je n'ai jamais dit que je voulais être fermier, pouah la puanteur ! Et d'ailleurs ce n'est sûrement pas obligatoire de faire ce métier-là pour avoir une super balançoire chez soi !

Tonton Ayhjo le tira de ses pensées. Il paraissait très ennuyé de se trouver bien malgré lui à l'origine de cette nouvelle polémique et cherchait manifestement une échappatoire.

— Je crois, Dhjorn, que tu devrais avant tout terminer tes études. Tu as bien le temps, et il te sera toujours loisible ensuite de prendre la bonne décision concernant ton avenir professionnel. Qu'en penses-tu ?

MAMAN-DHJORN — Il pense qu'il doit d'abord finir son gâteau avant de songer à terminer autre chose, oui !

GHERIDAN (de plus en plus agacé par sa sœur) — Et puis zut, à la fin. Après tout, fais-leur exploser la panse si ça te chante, moi j'abandonne.

OVGÖNE — Mais il ne veut pas être fermier, enfin ! Il dit depuis tantôt (en imitant très mal la voix de Dhjorn) : « Extraterrestre ! »

KHARL — *Bip-bip !*

PAPA-DHJORN (pour lui-même) — Oh non ! Qu'elle ne s'en mêle pas non plus, cette demi-toquée. Bon sang, personne ne m'écoute ici ?

FRAZAË (la mine triste) — Mais moi, je n'sais pas bien dire n'extraterrestre, moi !

BONNE-MAMAN — Tu y arriveras bientôt, je t'apprendrai.

DHJORN — Et si je finis mon gâteau, alors on ira chez *Boy & Toy* ?

MAMIE BHLOCH (réveillée par le brouhaha qui s'amplifie) — Hmm..., hmm..., oui ! est-ce l'heure ?

KHARL — Je crois même bien qu'ils la font en plusieurs couleurs. Mais c'est la tenue noire qui a le plus de gueule, évidemment. Tu peux aussi prendre le pisto-blaster. Pour autant qu'il leur en reste ?

AYHJO (à sa femme) — Mais il n'y a rien de déshonorant à être fermier. Toi-même, n'appréciais-tu pas au plus haut point le fait que nous puissions...

PAPA-DHJORN (pour lui-même, mais à voix audible) — Assez !

FRAZAË (en sautillant à deux pieds sur sa chaise) — Et un pisto-blaster, *est-ce-que-ça-s'mange-ou-ça-n'se-mange-pas* ?

MAMAN-DHJORN — Non, mais ton gâteau, *ça-s'mange-c'est-certain*. Allez, en vitesse ! Tu devrais être au lit depuis longtemps.

BONNE-MAMAN (voyant que la guerre du gâteau s'engage dans l'impasse) — Cela peut t'aider si je mets les enfants au lit ?

OVGÖNE — Oui, mais avec cette fichue ferme, on n'a jamais pu prendre les moindres vacances et que si tu avais choisi un autre métier on...

PAPA-DHJORN (un peu plus fort) — J'ai dit assez !

KHARL (à Dhjorn, en regardant son père du coin de l'œil) — Oh, la honte ! Tu ne veux tout de même pas être fermier comme papa ?

AYHJO — Kharl !

KHARL (en chantant) — Extraterrestre c'est beaucoup mieux tralala, extraterrestre c'est beaucoup mieux...

DHJORN — ... *bip-bip-bip !*

PAPA-DHJORN (manifestement hors de lui et criant de toutes ses forces) — ASSEZ, ASSEZ, ET ASSEZ !!!

Et il cria tellement fort que le tapage s'arrêta instantanément. Papa-Dhjorn fumait littéralement de rage. Oui, cela en était plus qu'assez de cette grotesque plaisanterie qui n'avait fait qu'échauffer les esprits et jeté le trouble sur ce qui aurait dû être une paisible soirée de fête.

Il enfla d'une inspiration puissante la toison vermeille bordant sa gorge et se redressa d'un bond sur ses trois pattes de derrière. Puis, ayant sorti de sa poche ventrale deux tentacules pleins de ventouses, il pointa le droit d'un air menaçant vers Dhjorn et dit :

— Écoute, gamin ! Écoute-moi très attentivement, car je ne le répéterai pas.

Un silence de glace s'était abattu sur la pièce. La stature naturellement imposante du père forçait au respect. Et la petite odeur soufrée qui exhalait de sa transpiration ne laissait aucun doute sur son état d'énervement. Personne n'aurait désormais osé défier l'autorité suprême du maître de la maison. Même pas Gheridan !

— Je me fiche de savoir qui a bien pu te fourrer une envie aussi stupide dans ta petite cervelle, mais je ne veux plus en entendre parler. Tu m'entends ? Ni ce soir, ni à la saint-machin ! Il ne sera plus jamais question d'extraterrestres dans cette maison, point à la ligne.

Il fit une pause. Sa voix retrouva un peu de calme.

— Finalement, si tu voulais à tout prix gâcher ton existence à jouer au fermier pour garder ces répugnants animaux Zom, comme mon frère, je pourrais me résigner à l'admettre. Tant pis pour toi !

À l'opposé de la table, le frère Ayhjo en question s'était tassé sur son siège et gardait les yeux rivés sur son assiette vide. Nul n'osait le regarder.

— Après tout, nous mangeons tous de la viande de terrien en provenance de ces élevages de Zom, même si je n'ai personnellement jamais pu surmonter un certain dégoût à la vue de cette chair blafarde. Mais la valeur nutritive de la viande humaine est incontestable et il n'y a de toute façon rien d'autre que nous puissions faire avec cette espèce que de s'en nourrir. Il faut donc bien des volontaires pour l'élevage des Zoms. C'est un métier d'intérêt public. Soit, je ne le conteste pas.

Dhjorn parut soulagé par cette conclusion encourageante. Il estimait considérablement son oncle Ayhjo et s'était trouvé fort désappointé d'apprendre que le métier qu'il semblait faire avec enthousiasme puisse représenter l'un des pires déshonneurs pour sa famille. Surtout qu'une dispute entre papa et son frère aurait certainement eu pour résultat que Dhjorn se voit interdire les séjours à la ferme et, par conséquent, adieu la super balançoire !

— Par contre, sans vouloir conduire ici un débat de fond sur la question, il s'agirait néanmoins que tu...

Le père continuait à moraliser, inlassablement.

— ... et, qui plus est, tu auras alors la possibilité d'en retirer grand profit pour...

Dhjorn sentit ses paupières devenir lourdes, bigrement lourdes. La journée d'anniversaire avait été plutôt animée et le repas du soir s'était poursuivi bien plus tard que son heure habituelle. Le sommeil gagnait petit à petit du terrain.

Et puis, cela faisait certainement cinq bonnes minutes que le tentacule droit du père pointé sous son nez lui imposait un silence docile. C'était presque une éternité pour un petit garçon de son âge.

Il tenta de contenir un bâillement, mais trop tard. Pourvu que le paternel n'ait rien remarqué. Eh si ! Il l'avait surpris et l'exaspération se lisait sur son visage.

— Dhjorn ! Tu pourrais au moins faire semblant d'être attentif. C'est dans ton propre intérêt que je m'évertue à...

107

Les pensées de Dhjorn s'embrouillaient. La voix de son père lui parvenait comme en sourdine, dans le lointain. Bizarre ! On était pourtant en train de l'enguirlander.

— Je voudrais que tu m'écoutes Dhjorn ?

Loin, la voix... très loin.

— Je te préviens que si en plus tu te fiches de moi, tu risques de passer...

Il voit son père lui parler, terriblement en colère. Des tentacules s'agitent en tous sens. Mais pourquoi est-ce la voix de sa mère qu'il entend ?

— Dhjorn, tu m'entends ?

Pas de doute, c'est bien sa mère qui lui parle. La voix est proche. Tellement proche...

— Dhjorn, réponds s'il te plaît.

Il se force à fermer les yeux quelques secondes et les ouvre à nouveau. D'abord ébloui par la lumière, il ne distingue que le halo rond du soleil matinal qui s'arrache lourdement au-dessus de la fenêtre de sa chambre. Dhjorn détourne le regard vers l'intérieur de la pièce et aperçoit alors sa mère qui est plantée debout à l'extrémité du lit, les poings sur les hanches en signe d'impatience. Il geint un peu et se retourne.

— Oh maman, maman ! Je crois que j'ai fait un cauchemar. Viens tout près de moi. Viens vite !

Il ramasse son oreiller qui traîne au sol et le serre très fort sur sa poitrine de petit garçon.

— Papa, il était tout..., enfin, il était...

Un grand frisson lui parcourt le dos en repensant au fait que son père pourrait avoir trois pattes et des tentacules partout sur le corps.

— Mais oui, mon chéri. Et c'est pareil tous les matins. Quand il s'agit de se lever et d'aller à l'école, tu trouves toujours une bonne raison pour traînasser.

Elle vient s'asseoir sur le bord du lit et retire en douce l'oreiller.

— Ton père n'y est certainement pour rien dans cette histoire. Tu remercieras plutôt l'oncle Gheridan de t'avoir bourré le crâne avec ses fadaises d'extraterrestres. Juste avant d'aller se coucher, en plus. Et avec tout le gâteau dont tu t'étais empiffré et l'heure tardive, tu t'es endormi à table comme une masse !

Il se blottit dans ses bras et tente de chasser les derniers frissons à la chaleur du sein maternel.

— Allez, debout garnement, plus vite que ça !

Elle se lève et fait mine de s'en aller.

— Je t'ai préparé un petit déjeuner d'enfer ! Avec un grand jus d'orange tout frais et tes beignets aux Laemurs. Si tu ne te dépêches pas, ils vont être froids.

Dhjorn se laisse couler doucement hors du lit et rattrape sa mère qui déjà s'engage dans l'escalier.

— Dit, maman, les Laemurs, ils viennent bien de Xhamar, hein dit ?

Il a saisi sa main et manque de la faire trébucher dans l'étroite descente menant au rez-de-chaussée.

— Évidemment, mon garçon. Mais fais un peu attention, voyons ! C'est-à-dire qu'on en trouve qui viennent d'autres endroits, mais ceux de Xhamar sont de loin les meilleurs. Ça doit être la lumière de là-bas, ou quelque chose dans le sol, peut-être.

109

En effet, cela sent rudement bon en s'approchant de la cuisine, remarque Dhjorn. Par contre, à son avis, ce n'est pas tant l'endroit d'où viennent les Laemurs qui est important, mais bien la recette originale de sa maman qui fait la grosse différence. Tout cru, avec un peu de chapelure, et juste quelques secondes à la poêle.

— Et, dis-moi, maman, ils étaient déjà là-bas, les Laemurs, avant que les premiers hommes n'arrivent sur Xhamar ?

Ils pénètrent dans la cuisine où une table joliment dressée les attend.

— Oui mon chéri. Assieds-toi vite, s'il te plaît.

Maman s'est dirigée vers le plan de travail face aux fenêtres et s'active aux derniers préparatifs.

— C'est effectivement là qu'on en a trouvé pour la première fois. C'était du reste la seule forme de vie un tant soit peu visible sur cette fichue planète inhospitalière. Les pionniers n'ont fait qu'en développer la culture à l'échelle industrielle. Et ensuite, quelques-uns sont partis pour en planter ailleurs, mais je trouve qu'ils n'ont pas le même goût.

Dhjorn s'est installé à table et contemple son assiette d'un air préoccupé.

— Mais tu connais déjà toute cette histoire par cœur, n'est-ce pas. Si tu me disais plutôt ce qui te turlupine ? Nous ne sommes pas vraiment en avance et tous ces bavardages vont finir par te faire rater la navette de l'école. Allez, mange maintenant.

— Ils savent bouger les Laemurs, hein oui, maman ? Alors pourquoi on dit que c'est des plantes ?

— Hum ! (silence). Maman paraît un peu embarrassée par la question. Elle s'avance vers Dhjorn, prend la fourchette posée à côté de son assiette, la lui place dans la main et soulève son bras pour le forcer à attaquer son déjeuner.

— C'est bien des plantes, hein, maman ?

Dhjorn a reposé la fourchette et considère de nouveau pensivement son déjeuner. Maman sent monter une pointe d'agacement, mais elle sait par expérience que se fâcher risque fort d'aboutir à l'inverse du résultat escompté.

— Des algues, Dhjorn. On dit que les Laemurs sont des algues, et ils ne bougent pas vraiment. Enfin, si, mais pas comme nous. C'est juste qu'ils ont des sortes de pseudopodes à la place des racines et qu'ils parviennent à se glisser très lentement pour chercher de la lumière ou les courants marins plus chauds. Veux-tu manger maintenant, ou dois-je me fâcher ?

— ... (silence). Dhjorn n'a pas quitté l'assiette du regard.

— Écoute mon garçon, ne déjeune pas si ça t'amuse, mais j'ai maintenant perdu assez de temps avec tes tergiversations. Il faut aussi que je me prépare, moi !

Tu n'auras qu'à t'en prendre à toi-même si ton ventre gronde de faim d'ici une heure. Tant pis pour toi !

Elle tourne les talons d'un mouvement sec et se dirige prestement vers l'escalier. Il faut encore réveiller la petite Frazaë, lui faire prendre un bain, préparer le déjeuner de son homme, lorsque soudain, alors qu'elle s'apprêtait à gravir les dernières marches, un vacarme épouvantable la fige sur place. Fracas de chute et de vaisselle brisée. Maman se retourne d'un bond, elle descend quelques marches et aperçoit de loin la table de la cuisine renversée au milieu de la pièce.

— Dhjorn ? Que se passe-t-il ? Dhjorn..., réponds, bon sang !

En quelques secondes elle se retrouve au bas de la cage d'escalier et traverse le patio en courant ; elle a rejoint l'entrée de la cuisine.

Dhjorn s'est réfugié dans le coin opposé de la pièce. Il est accroupi, le corps ramassé sur lui-même, comme prostré.

— Dhjorn..., mais que s'est-il passé ici ?

Il presse fortement les mains sur ses oreilles et son visage est comme convulsé d'effroi. On dirait que son regard ne parvient plus à se détacher des restes éparpillés au sol de son déjeuner.

Maman se penche vers lui, le prend dans ses bras, essaye de le rassurer, de comprendre. Rien à faire, il demeure muet. Elle l'examine de partout. Il ne semble pas s'être blessé en tombant. C'est déjà ça. Par contre, l'état de la cuisine est un véritable désastre.

*
* *

Dhjorn ne raconta jamais ce qui s'était passé ce matin-là. Ce n'était pas faute de le vouloir, d'ailleurs, mais tant la profondeur du traumatisme rendait la confession difficile.

Par exemple, en raison probable d'une association d'idées avec l'incident, il s'avéra indispensable de supprimer à tout jamais les beignets et autres plats aux Laemurs dont la seule évocation suffisait à replonger le petit garçon dans un état d'épouvante extrême.

À la grande inquiétude des parents, il fallut plusieurs mois avant qu'il ne retrouve un semblant de sourire et que le souvenir de cette pénible aventure s'estompe peu à peu de son esprit.

Après coup, Dhjorn n'était en outre plus du tout certain de la manière dont les choses s'étaient réellement déroulées. Mais sur le moment même – quelle image terrifiante ! – il aurait pu jurer avoir vu un beignet sensiblement bouger dans son assiette. Pas du tout comme sous l'effet d'un choc. Mais plutôt telle une progression réfléchie, la recherche d'un contact, voire une manœuvre d'intimidation.

Et puis, avant même qu'il ne réalise l'étrangeté de cette situation, un souffle puissant et désespéré s'était superposé à ses pensées, l'obligeant à reculer jusqu'au fond de la pièce pour en atténuer les effets. Comme une onde lente dont le martèlement sourd signifiait des mots, mais sans les dire explicitement, et qui le suppliait sans relâche : « Ne me mangez pas, s'il vous plaît... ne me mangez pas... »

IL Y EUT UN SOIR,
IL Y EUT UN MATIN

La vieille demeure ne sentait pas bon.

Tic... tac...

La salle de séjour du premier étage sentait même franchement mauvais.

Chose curieuse, car ce lieu isolé au cœur de l'ancienne maison de maître était remarquablement spacieux et n'avait fait qu'accueillir les invités de Jan pour le temps d'un réveillon.

Un petit groupe, qui plus est, formé du cercle restreint de ses amis de toujours et qui ne s'était que très modestement élargi depuis son origine en raison de quelques rares mariages.

Jan appréciait infiniment ce pèlerinage annuel de ses amis et la cérémonie des retrouvailles autour d'un sapin décoré.

Souvenirs...

L'échange rituel des cadeaux aidait vite à renouer les conversations abandonnées l'année précédente et, soutenu par un festin que l'hôte voulait toujours aussi plantureux que copieusement arrosé, l'enthousiasme des fêtards ne s'apaisait généralement que fort tard dans la nuit.

Les convives venaient tout juste de quitter la demeure, contre promesse d'allégeance au prochain réveillon, et voici que Jan se retrouvait seul tout d'un coup.

Il savait, par habitude, que son esprit prolongerait sûrement encore quelques instants l'effervescence de la soirée avant de retrouver une quiétude bien méritée.

Il avait dès lors pris patience, laissant libre cours à ses pensées, mais cette fois-ci, bizarrement, la sérénité tardait à revenir.

Tic... tac...

À demi affalé dans son fauteuil, inactif pour la première fois de la soirée, il essayait de percevoir quelles pouvaient bien être les causes de son malaise, la raison de cette indéfinissable tension. Était-ce cette horrible puanteur qui lui tournait la tête ?

La tapisserie de haute lice couvrant entièrement le mur latéral du living-room relarguait un mélange d'odeurs fortes de cuisine, d'eaux de toilette pesantes, de cigare froid, et aussi d'encens. Le tissu paraissait s'en être imprégné suffisamment pour exhaler ses relents pendant des jours.

Cela n'empestait pourtant pas à ce point durant la soirée ? se dit Jan.

Il devait aérer tout cela. Mais pas maintenant, plus tard.

Nul doute qu'un courant d'air allait suffire à balayer l'atmosphère oppressante de cette pièce et même peut-être à dissiper les brumes de son esprit. Mais il lui était tout bonnement impossible de s'acquitter de cette tâche maintenant.

Son corps inerte, pesamment moulé dans le cuir du fauteuil, semblait vouloir n'obéir pour l'instant à aucun autre mouvement que celui de plisser les paupières pour protéger ses yeux de l'étincelante clarté du lustre. On aurait cru qu'un astre flamboyant était suspendu au plafond.

Tic... tac...

Et puis, qui donc avait eu cette stupide idée d'apporter des bâtons d'encens ? Et d'en brûler dans tous les coins de la maison, profitant de son affairement en cuisine.

Bien sûr, l'hommage était de circonstance – *Voici de l'encens, dit Gaspard.*

Mais, bon sang, ses amis connaissaient pourtant depuis toujours son irrépressible aversion pour ce parfum qui, Dieu sait pourquoi, l'affligeait immanquablement d'une profonde mélancolie.

Oui ! ce ne pouvait être qu'une taquinerie de Renaud.

Renaud, ce grand mystique devant l'Éternel, toujours à l'affût du surnaturel. S'emparant de tout phénomène un tant soit peu insolite, il sortait à chaque fois de sa poche une explication encore plus extravagante. On le soupçonnait d'ailleurs de ne pas vraiment y croire lui-même et les controverses ne manquaient jamais lorsqu'il s'engageait tête baissée dans une de ses démonstrations imbibées.

Tic... tac...

Le lustre au zénith devenait aveuglant.

Jan, s'arc-boutant dans le fauteuil en une pénible contorsion arrière, avança son bras tendu vers l'interrupteur mural et, d'une ultime impulsion de l'extrémité du doigt, éteignit la lumière.

À l'opposé de la pièce, se réfléchissant au rythme des secondes dans le balancier incrusté d'or de la pendule murale, les lampions multicolores du sapin se mirent à osciller dans l'obscurité – *Voici de l'or, dit Melchior.*

Une partie de la lumière réfractée traversait les flûtes en cristal ciselé, abandonnées çà et là sur la table, et allait mourir au plafond à la manière des infinies combinaisons d'un kaléidoscope.

Jan se surprit à songer à la fragilité d'existence de ces lucioles. Si je supprime un seul verre sur la table, une famille entière est décimée. Ai-je un tel pouvoir ? Ou peut-être n'y a-t-il jamais rien eu de réel au plafond et leur fragilité ne serait alors que le reflet de la mienne ?

Tic... tac...

Un point lumineux, parmi les dizaines d'autres, se distinguait singulièrement par son habileté à voltiger.

Un instant à l'arrêt au bord de la table, il prenait soudain un envol incurvé vers l'extrémité droite du plafond d'où il descendait, après avoir viré de cap à quarante-cinq degrés, en sautillant le long des persiennes. Puis, tel un bolide dans la ligne droite de l'arrivée, il traversait le canapé pour revenir, le temps de l'obéissance à une oscillation du balancier, à son immobilité de départ.

Tic... tac...

Jan voulut détourner le regard pour se soustraire à l'envoûtement de ce scénario répétitif. Mais déjà il était trop tard, car son esprit vacillait. Il dut se raccrocher vivement aux accoudoirs du fauteuil pour éviter de perdre l'équilibre.

Il fallait qu'il quitte cette pièce au plus vite.

À chaque jour suffit sa peine.

Demain, il rangerait tout.

Comme un cambrioleur méticuleux, il effacerait alors scrupuleusement, de l'air et des objets, les multiples empreintes trahissant cette nuit de Noël.

Fermement décidé à rejoindre Morphée et à ne quitter son lit que lorsque le soleil serait déjà haut dans le ciel du lendemain, Jan se souleva à grand-peine de son siège et traversa lentement la salle de séjour en se dirigeant vers le mur de façade.

Tic... tac...

Cette pièce agonisait par manque d'oxygène.

Détachant au passage une coulée de résine translucide du tronc de son balsamier – *Et voici de la myrrhe, dit Balthazar* –, il parcourut le chemin le séparant des fenêtres en jouant machinalement avec la boule de gomme entre le pouce et l'index.

Il dut s'y reprendre à deux fois et mobiliser ses dernières forces avant que les battants vieillis ne cèdent finalement à sa traction.

L'air glacial s'engouffra d'un coup, figeant net les muscles de son visage et accentuant, peut-être plus encore, la perception de son haleine désagréablement chargée.

Tic... tac...

Dehors, les lumières s'étaient endormies et du ciel d'encre seule filtrait la pâleur de quelques timides étoiles. Depuis longtemps, le silence et la nuit étaient tombés sur la ville, et lui-même ne manquerait pas de tomber bientôt s'il ne gagnait rapidement son lit.

Revenant sur ses pas, il éteignit d'une pression du pied la guirlande du sapin et jeta la boule de gomme, ramollie par la chaleur de ses doigts, dans les cendres orangées de l'âtre. La résine aromatique s'y consuma aussitôt, en une petite flamme claire et un crépitement sec. Une faible lueur heurta furtivement la crèche déposée au pied du sapin.

Était-ce dû à la clarté vacillante ? il n'en était pas certain. Mais à côté des Rois Mages agenouillés, il crut apercevoir un bref instant que l'Enfant Jésus souriait curieusement.

Malgré l'obscurité quasi totale qui régnait maintenant sur les lieux, Jan n'eut aucun mal à gagner le palier d'étage, quelques mètres plus loin, et à trouver, en tâtonnant à peine, l'interrupteur de l'éclairage plafonnier.

Tic... tac...

Encore quelques marches à gravir, puis traverser le palier du second et se glisser enfin sous l'édredon... ah oui ! Rien qu'à y songer, une douce béatitude l'envahissait déjà.

Il enclencha le bouton poussoir de la minuterie, mais la pression de son doigt resta sans effet... deux fois, trois... tudieu ! Plus fort... rien ! Fichue lampe.

Tant pis. Il n'avait allumé que machinalement tant il connaissait la maison dans ses moindres recoins.

L'ampoule défectueuse pouvait attendre demain pour rejoindre la liste de ses corvées.

Et Jan s'engagea résolument dans la montée en colimaçon.

Sans jamais s'aider de la rampe, il se surprit même un instant à braver l'obscurité, en accélérant le pas dans la cage d'escalier, pour se prouver à quel point il en maîtrisait la disposition.

Il devait maintenant être arrivé en haut des marches et, face à la porte de sa chambre, il avança la main pour saisir la clenche, mais ses doigts se refermèrent dans le vide.

L'alcool et la fatigue avaient manifestement eu raison de son sens de l'orientation.

Poursuivant alors sa trajectoire, qu'il tenta de maintenir la plus rectiligne possible, il fit encore plusieurs enjambées avant de comprendre son erreur.

Bien sûr, la porte devait être ouverte ! Pourquoi n'y avait-il pas songé plus tôt ?

Imbécile !

Et par cette entrée béante, l'exécrable odeur de cigare avait certainement dû s'introduire aussi facilement que lui et imprégner ses draps depuis longtemps. Voilà qu'il en était réduit à devoir dormir dans cette puanteur de mégots refroidis.

C'est à la fois soulagé et malgré tout un peu intrigué qu'il réalisa, un court instant plus tard, que son nez ne décelait aucun relent de cigare ni d'encens, du moins à l'endroit où il s'était arrêté. D'ailleurs, aucune odeur particulière n'émanait de la pièce. Il pouvait pratiquement en jurer puisque l'absence de stimuli visuels devait immanquablement améliorer son odorat.

À nouveau il huma l'air profondément et son inquiétude s'estompa entièrement.

Mais Jan en avait presque oublié l'essentiel.

Il devait avant tout se recentrer et estimer maintenant sa position par rapport à l'intérieur de la chambre, qu'il avait à l'évidence traversée en partie.

Soit, continuer tout droit vers la fenêtre pour entrouvrir les rideaux et bénéficier ainsi d'un peu de la clarté de rue afin de rejoindre son lit sans encombre ; soit, obliquer immédiatement à gauche vers l'objectif final, en prenant soin de ne pas s'empêtrer les pieds dans sa descente de lit. D'ici peu, ses yeux se seraient de toute manière accoutumés à l'obscurité.

Optant pour le chemin le plus court, il s'engagea hardiment en songeant toutefois à soulever exagérément les jambes à chaque pas.

Ne pas se payer un *looping* sur la carpette !

À demi courbé vers l'avant, les bras en éclaireurs, il devait offrir un spectacle du plus grand comique.

Et si... et si c'était une farce ?

Un coup monté par ses amis qui, subrepticement revenus, auraient débranché les fusibles du tableau électrique, ouvert la porte de sa chambre et peut-être même déplacé les meubles.

Il fallait devancer le dénouement de l'instant ridicule où la lumière revient : stature grotesque, éclats de rire !

Évidemment, Renaud devait avoir prévu un appareil photo !

Jan entreprit donc de prononcer dans le noir une tirade bien pensée qui renverserait indiscutablement la situation à son avantage...

...

Mais à sa grande stupéfaction, aucun son ne franchit ses lèvres entrouvertes !

..., ...

Vaines également les tentatives suivantes.

Il connaissait sa voix, en tout cas celle qu'il percevait habituellement de l'intérieur comme étant la sienne. Mais ce qu'il venait d'expérimenter ne ressemblait en rien à ce souvenir.

Sa pensée se refusait obstinément à quitter l'enceinte de son cerveau pour matérialiser les mots voulus. Mots qu'il prononçait pourtant, il y a quelques heures encore, avec tant d'aisance.

Grand dieu ! Cela devenait sérieux.

Il eût échangé sur-le-champ, et avec un immense soulagement, n'importe quelle stupide farce de Renaud contre cet étrange état de fait. L'anomalie ne semblait d'ailleurs pas se limiter exclusivement au niveau de la voix, car même le souffle de sa respiration lui était devenu imperceptible.

Sourd ?

Et si au moins il y voyait clair !

Il refit quelques pas dans l'obscurité, s'arrêta.

Autour de lui le noir complet.

Obstinément ses yeux et ses oreilles se refusaient à vouloir percer les ténèbres.

...

En tout cas, ce n'était pas dans l'inaction qu'il allait pouvoir éclaircir ce mystère.

Ressaisis-toi, mon vieux ! Je ne sais pas moi ? Cherche un téléphone et essaye d'appeler les urgences ? En espérant, évidemment, que l'on accorde un minimum d'attention au coup de fil d'un muet ? Et que l'on puisse ensuite repérer son adresse, bon sang !

Un soir de Noël, en plus !

Il se remit à marcher, toujours dans la même direction, pendant un long moment encore, posant maintenant, avec une assurance grandissante, les pieds machinalement l'un devant l'autre.

À quoi bon prendre garde quand les obstacles se sont évaporés ?

Ce décor est un chef-d'œuvre de dépouillement !

Marcher... avancer...

Comme à contresens d'un tapis roulant.

Marcher...

Car il n'était désormais plus question de retrouver sa chambre, ni de dormir.

Marcher... pourquoi dormir, il n'avait pas sommeil.

Mais avancer jusqu'où ? Marcher jusqu'à quand ?

La notion de pas successifs était elle-même devenue paradoxale.

Ses semelles ne résonnaient plus au contact du sol et il ne lui restait, pour tout repère, que la vague impression de bouger les jambes.

Ses jambes ?

De celles-là au moins il était certain.

Mais en voulant tâter ses genoux, puis remonter pour saisir ses hanches, plus haut encore pour toucher son nez, se palper les joues, il ne fit que répéter la triste et déconcertante expérience de la clenche : rien !

Même sa langue ne distinguait plus le contour de ses lèvres.

De quelle bouche ?

Et son sang aurait dû depuis longtemps se glacer d'effroi, mais, pareillement, il ne ressentait ni le plus petit picotement de frayeur ni la moindre sueur froide.

Un dedans en parfaite harmonie avec le dehors.

Quoiqu'il eût à présent été en peine de fixer une frontière entre sa propre personne et le monde extérieur.

L'intérieur est-il toujours à l'intérieur de l'intérieur ?

Peu à peu sa conscience même glissait dans un abîme insondable.

Là où il était, pour autant qu'il fut quelque part, il pouvait s'attendre à tout.

Marcher, en tout cas jusqu'à présent, semblait sans danger.

Mais on devait le tirer d'affaire, le sortir de ce délire. Car même à rebours de tous les conditionnements, il ne pouvait se résoudre à reconnaître au noir absolu la légitimité d'une nouvelle conception de la réalité.

Avancer...

Non, quelqu'un allait le secouer, le sortir de ce cauchemar.

Au-delà de l'inconsistance du présent, son instinct pressentait d'ailleurs une conclusion imminente.

Capturé par une puissance mystérieuse, on finirait immanquablement par le remettre à sa place en découvrant l'erreur. À quoi ou à qui pouvait servir un Jan dans une autre dimension dont les règles lui échappaient ?

Cela ou autre chose d'ailleurs, mais il n'était pas pensable qu'on le laisse là bêtement entre parenthèses.

Les gens finiraient par s'inquiéter de son absence.

Marcher...

Il devait forcément y avoir une solution à son problème.

Avancer...

Et puis soudain... il sentit une présence proche.

Oui, même plusieurs !

Il n'y avait plus aucun doute, on venait à son secours.

*
* *

Dans la pâleur du petit matin, un coup de vent glacé agita soudain le paysage. Yvette sentit un frisson gagner sa nuque et la parcourir le long du dos jusqu'au creux des reins.

Sa lente progression à travers le parc venait de la mener jusqu'au centre d'un square particulièrement exposé et elle ne put s'empêcher de maudire ce temps de chien.

Il devait être aux environs de 9 heures et donc pas loin de son rendez-vous. Mais rien ni personne en cet instant n'aurait pu l'obliger à extraire les mains chaudement blotties au fond de ses poches pour vérifier à sa montre le temps qui lui restait exactement. Elle se contenta de presser le pas.

Du ciel de plomb, le soleil s'était retiré et la neige tombait à nouveau. Ces mêmes flocons poudreux qui égayaient autrefois ses jeux d'enfant ne faisaient aujourd'hui qu'ajouter à son supplice.

Il fallait être fou pour sortir de chez soi un jour pareil, ou l'intervention d'un événement exceptionnel, une raison solide comme les pyramides.

Elle n'était pas folle, pas encore du moins !

Et, à l'évidence, elle serait bien restée chaudement chez elle à siroter sa télévision si l'événement en question n'avait revêtu un caractère tout à fait exceptionnel.

Aucun doute, elle l'aimait, plus que jamais. Et d'une vraie passion, lentement dévorante.

Curieux, tout de même, comment le cours du temps s'y prenait à l'occasion pour conduire les plus petites causes à d'aussi profondes conséquences.

Peut-être un jour, par jeu ou par curiosité et sans même trop y prendre garde, avait-elle juste glissé une petite graine de tendresse sous le masque d'un étranger que rien ne lui destinait.

Peut-être aussi que le terrain était propice, car la graine avait germé sans tarder et une pointe verte d'amour avait fini par faire surface.

Mais ensuite, presque à l'insu des acteurs et avec la résolution tranquille des jours qui se succèdent, la jeune plante avait peu à peu affirmé son existence propre, risquant ici quelques nouvelles feuilles et osant par là quelques branches, pour finalement mieux emprisonner jour après jour leurs cœurs mutuellement liés dans l'enchevêtrement des racines grandissantes.

L'arbre était aujourd'hui énorme.

Et voilà qu'elle comprenait à présent que, même abattu, il lui faudrait vivre habitée par le vide de son absence jusqu'à son dernier jour.

Toute à ses pensées, Yvette obliqua sans marquer d'hésitation dans l'allée secondaire plantée de marronniers. Derrière elle, le tapis de brume ouaté se refermait déjà sur ses pas, effaçant au ras du sol toute trace de son passage.

Elle connaissait parfaitement les lieux et, en d'autres occasions, aimait s'y promener. À gauche, au bout du chemin gravillonné, elle apercevrait bientôt la vieille bâtisse de pierre.

Sa porte sculptée, partiellement dissimulée par un massif de conifères, donnait accès en surface au passage souterrain.

Allait-elle pouvoir faire face à l'incontestable évidence ? Parviendrait-elle surtout à affronter le regard inquisiteur des autres, impudemment posé sur tout son être et son âme, à supporter la torture de cet interrogatoire muet ?

Le bruit mat de ses pas sur le seuil de pierre la ramena soudain à la réalité. L'entrée du bâtiment se découpait devant elle. Il était plus que temps de se secouer, de refermer les tiroirs douloureux de son esprit et de remettre son masque de tous les jours.

Joignant le geste à ses résolutions, elle réajusta rapidement sa coiffure et, du revers de la main, effaça au coin de l'œil la trace humide d'une larme naissante.

Au bas de l'escalier, après avoir pénétré par une porte basse dans la crypte du funérarium, Yvette perçut tout à coup les présences humaines figées dans la brume.

Ils étaient tous là, sans nul doute, au grand complet. La famille, les amis, lui aussi, tout près d'elle à présent !

Et les voisins de Jan.

Eux qui, ayant vu la lumière allumée toute la nuit dans la cage d'escalier, avaient fini par s'inquiéter et par prévenir la police.

Trois jours déjà.

Aucune trace de chute, même pas une goutte de sang.

« Une banale crise cardiaque », avait fini par conclure le médecin légiste après avoir examiné le corps de Jan gisant sur son lit. Une belle mort instantanée.

Rien de très spectaculaire en somme.

Et pourtant ! On avait frôlé le pire.

En aidant le brancardier à soulever le corps pour le transporter du lit vers l'ambulance, le médecin ne vit pas tomber l'objet.

Libéré de la main de Jan par le choc de son poignet ballant contre la traverse de la civière, le cylindre métallique roula au sol et, sous les pieds du médecin marchant à reculons, provoqua la chute incongrue.

À peine une seconde, suspendue dans le temps immobile, sépara l'impact sourd de la tête du mort contre le parquet, de celle du médecin sur le cadre en acajou du lit.

Brouhaha de stupéfaction dans l'assistance, intervention rapide du brancardier. Le médecin rouvre les yeux...

Heureusement ! plus de peur que de mal.

Mais cette clenche de porte avait bien failli être à l'origine d'un accident funeste.

ENQUÊTE EN R&D

Je travaillais à l'époque sur le *fameux projet* G181256.

Que je vous explique : G pour la première lettre de l'entreprise pharmaceutique où j'usais mes pantalons depuis plus de quinze ans, 18 du numéro d'imputation comptable du Département de Neuro-pharmacologie qui abritait mon laboratoire d'étude de R&D[1], et 1256 pour la mille-deux-cent-cinquante-sixième molécule originale dont on nous demandait d'évaluer les chances comme candidat médicament.

Voilà, cela ne vous apprend toujours rien de concret sur la nature exacte de ce projet, mais avec cette petite touche du genre *secret d'État* vous pensez bien sûr que cela doit nécessairement être quelque chose d'extrêmement sérieux et important. C'était bien entendu ce que les patrons de la boîte voulaient laisser croire en dehors de nos murs.

Et puis j'ai précisé *fameux projet,* parce que c'est à mon sens l'adjectif qui qualifie le mieux le retentissement qu'eut par la suite ce dossier jusqu'à l'extérieur même de notre entreprise, en dépit de la

---

[1] Recherche et Développement

détermination acharnée de la Direction générale à vouloir étouffer ensuite coûte que coûte cette bizarre histoire.

Une mystérieuse énigme, fil rouge de mes mésaventures au cours de cette maudite journée de septembre, et que je ne m'explique toujours pas clairement aujourd'hui.

Mais ne brûlons pas les étapes, chaque chose en son temps, sinon cela ne vous en semblera que plus étrange encore !

Mon domaine de recherche était en lien avec la maladie d'Alzheimer. Vous connaissez sûrement. Ou alors vous devriez, car c'est une sorte de démence présénile qui nous rattrapera irrémédiablement tous un jour ou l'autre.

On disait en ce temps-là qu'il était juste nécessaire de vivre suffisamment vieux pour l'attraper, et que ce qui sauvait finalement la plupart des gens était de mourir avant d'une autre cause plus pressante. L'Alzheimer n'était donc en quelque sorte qu'une dégénérescence normale et obligée. Et avec le vieillissement attendu de la population, un *business* juteux en perspective ! Mais vous voyez d'ici la gageure. En fait de recherche pharmaceutique, on attendait de nous qu'on découvre l'élixir de jouvence.

Un matin, je suis chez moi, lorsque le téléphone sonne. Je n'insiste pas trop sur l'expression « chez moi », car je suis rarement ailleurs, sinon au boulot. Mais je dis matin comme un mot que j'ose à peine prononcer, quelque chose d'inhabituellement tôt et de particulièrement inconvenant.

De plus, comme je vis seul et travaille beaucoup, je décide assez librement de mon emploi du temps et les gens qui me connaissent ne me téléphonent guère. C'est moi qui prends les devants lorsque j'ai par hasard un petit espace loisir à combler et, par conséquent, mon téléphone ne sonne pour ainsi dire jamais. Certainement pas à l'aube.

À ce moment précis, je n'ai encore aucune notion de l'insolence de l'heure, mais l'effort surhumain qu'il m'est nécessaire de déployer pour émettre un son me met rapidement sur la piste.

— Ouuais mmh, fais-je en décrochant le combiné à côté du lit.

— Allô, c'est toi Fred... allô ?

Je reconnais la voix de mon patron, le chef du Département.

— Allô, Fred, c'est toi... ? Ici c'est Oscar.

Oscar Peavon est un scientifique, tout comme moi. Là s'arrête heureusement la comparaison. Il est quatre fois plus volumineux, singulièrement nerveux et, accessoirement, assez fortiche en logique pure. Pas besoin donc d'une longue démonstration pour lui prouver qu'en téléphonant chez moi à cette heure matinale, il est inutile de s'enquérir s'il n'a pas éventuellement Jeanne d'Arc au bout du fil. Je n'interviens pas et le laisse venir à des choses plus essentielles.

— Fred, tu m'entends ? Réponds-moi s'il te plaît. On a un gros souci. Il faut que tu passes tout de suite au bureau.

— Ouuais mmh, quelle heure est-il ?

— Fred, c'est pas l'horloge parlante qui te cause et je te conseille de rappliquer à l'instant. Tu m'entends ? Tout de suite, tu...

J'ai raccroché. C'est vrai, quoi ! S'il me demande de faire vite, il doit pouvoir admettre qu'on néglige les formules de politesse.

Dehors, il fait à peine clair. En me voyant ouvrir les rideaux, les oiseaux se demandent soudain s'il ne serait pas temps de se mettre à chanter. Ils ont l'air paumés et doivent penser la même chose de moi.

J'enfile le premier machin qui me tombe sous la main à côté du lit. Enfin non, le deuxième. Le premier, je n'avais pas remarqué tout de suite que c'était ma salopette de jardinage. Je ne peux pas décemment faire ce coup-là à Oscar, stressé comme il est ce matin.

J'ai appuyé sur le bouton vert de ma télécommande à côté du lit et je sais que là-bas dans la cuisine, au même instant, un délicieux café bien fort s'est mis à couler. C'est vraiment cela, et presque uniquement cela d'ailleurs, le progrès technologique au service de l'humanité.

Je n'habite pas trop loin du boulot et, vu mon ancienneté, ma voiture connaît le chemin par cœur. Je la mets en route et me laisse conduire, presque en pilotage automatique. Je n'ai même pas la force de penser à ce que ce diable d'Oscar va pouvoir m'inventer pour gâcher ma journée.

La route est déserte et j'arrive rapidement en vue de mon lieu de travail. Pas mal situé, à vrai dire. Au flanc d'une colline verdoyante. À cette heure, ça flaire bon la campagne humide. Mais sans rire, je ne me lèverais quand même pas tous les jours à l'aurore rien que pour cette odeur de la rosée sur l'herbe.

Je m'arrête devant la grille à l'entrée du site, passage obligé vers ce haut lieu barricadé de la recherche scientifique. C'est mon copain Jeff qui est de garde. Il me lance un regard inquiet à travers la fenêtre de la loge, un doigt pointé sur sa montre, comme pour me demander si la mienne est fichue, ou quelle autre raison pourrait bien m'avoir tiré du lit aussi tôt. Je lui renvoie une moue déconfite, en devant à peine me forcer, et je gonfle à fond mes joues d'air pour lui signifier que cette bonne raison n'est autre que mon boss dont il n'ignore pas les rondeurs.

Il se marre franchement. Je passe la barrière qui s'ouvre et j'observe dans mon rétroviseur, déjà bon nombre de mètres plus loin, que Jeff est toujours en train de glousser d'allégresse à l'idée de ma pénitence. Enfin, en voilà au moins un qui grâce à moi commence bien sa journée.

Devant mes roues s'ouvre un parc immense semé de petits bâtiments isolés. « Ils sont sélectivement attribués en relation avec les différents domaines d'activités et axes de recherche de notre société. », affirme la brochure d'information à l'usage du grand public. Mais nous, on sait bien que ce morcellement cloisonné n'a d'autre but que d'empêcher l'intégration, par n'importe quel curieux malveillant interne ou externe à l'entreprise, des différentes données concernant un même projet de recherche, ce qui restreint accessoirement la fuite de renseignements confidentiels vers l'extérieur. On a beau être en recherche, il n'est pas nécessaire de tout réinventer, le « diviser pour régner » a déjà fait ses preuves par le passé.

Le parking est désert, à l'exception de quelques voitures sur l'emplacement des Directeurs. Encore un signe inhabituel.

Je traverse le parc et bifurque au bout vers la droite pour rejoindre le bâtiment administratif. En apercevant soudain l'entrée, j'ai un instant d'angoisse et je me mets à tâter nerveusement mes frusques. Coup de bol, je porte le même pantalon qu'hier et mon badge d'ouverture de porte est toujours bien dans la poche droite. Ouf, sinon j'étais bon pour repasser devant Jeff et lui offrir le plaisir de se payer ma tête une seconde fois.

La double porte vitrée s'ouvre instantanément à mon approche. Merci, petit badge magique ! Je traverse le long corridor qui mène à l'entrée du Département. Juste derrière la porte se trouve la machine à café. Je vais m'en jeter un petit avant de poursuivre. C'est un rituel. J'ai l'impression qu'en pénétrant dans mon bureau avec le goût du café en bouche, je parviens plus efficacement à affronter les mille et un génies du mal qui s'évertuent à remplir mes journées de mille et une contrariétés. Aujourd'hui plus que jamais, j'ai l'impression d'en avoir grandement besoin.

En face de la machine à café, au centre d'un assez vaste hall, se trouve le bureau de Betty, l'unique secrétaire-dactylo-réceptionniste du Département et donc, avant toute chose, celle du patron. La machine à café placée dans le champ de vision de Betty, c'est fait exprès pour refroidir les faux caféino-dépendants, mais vrais fainéants, les rois du taille-bavette avec un fond de gobelet en main.

Je dis bonjour à Betty, toujours fraîche comme à son habitude, et je me sers un noir double-sucre (tiens, elle est déjà là, elle aussi ?).

Fraîche est exactement le terme qui lui convient. Pas vraiment jolie, mais fraîche. D'abord en raison de la délicatesse de sa recherche vestimentaire. Aujourd'hui, elle porte avec bonheur une robe blanche à fleurs, un peu le style de la petite dame qui fait les pubs pour la lessive trucmuche. Eux, ils s'y connaissent en fraîcheur, pour sûr !

Il faut avouer que dans une autre boîte qu'ici, cela pourrait paraître tout juste normal de la part d'une jeune femme qui prendrait quelque peu soin de son apparence. Mais chez nous, entourée d'une bande de chercheurs pseudo-intellectuels qui estiment avoir diantrement plus sérieux à faire que de se préoccuper de leur habillement ou de la fraîcheur de celui-ci, je vous jure que Betty faisait parfois l'effet d'une orchidée sur un tas de fumier.

Et puis fraîche aussi parce que totalement impassible aux gauloiseries d'universitaires attardés et aux avances non détournées des vieux boucs du labo. Ce n'est pas facile tous les jours de garder cette apparente candeur doublée d'une indifférence distinguée dans un contexte de corps de garde.

Je lui dis « ça va ma poule ? », et elle me répond, la tête droite, sur un ton parfaitement détaché « kot..., kot kot, kot kodaak ». Ah, cette fraîcheur, qu'est-ce que je vous disais ! Elle rajoute :

— Le patron t'attend, Fred. Ne met pas du café sur ses dossiers, il n'a pas l'air commode ce matin. Cela risque fort de retomber sur moi, comme d'habitude.

Elle m'explique ensuite en deux mots qu'il l'a fait venir d'urgence pour battre le rappel des responsables en vue d'un *briefing* extraordinaire à tenir absolument cet après-midi.

— Même ceux qui sont en congé, tu t'imagines ce qu'il me fait faire ! Pour qui vais-je passer, moi ? Ah, j'oubliais. Le type dans son bureau, c'est notre nouveau Directeur général de la Recherche. Surveille ton vocabulaire !

J'ai traîné encore quelques instants autour de Betty, à raconter n'importe quoi. Juste pour lui monter que ce n'était pas aujourd'hui qu'Oscar ni même un Directeur général allaient commencer à m'impressionner. Mais au fond de moi, un petit diable me pressait vers le bureau du patron. La curiosité me tenaillait. Que voulez-vous, c'est aussi cela être un chercheur. Et quand une étincelle de curiosité s'allume dans son esprit, il ne reste qu'une seule solution pour l'en déloger. Trouver de quoi il en retourne.

*
* *

— Je ne te félicite pas ! a explosé Oscar, je viens de voir tes derniers résultats d'étude, c'est un beau foutoir ton équipe de hippies.

J'avais à peine passé le nez par la porte que le ton était donné.

— Tes souris transgéniques traitées au G181256 sont guéries de l'Alzheimer, c'est miraculeux, non ?

Il se tourne légèrement de biais vers le nouveau Directeur de la Recherche, assis quelques mètres plus loin, pour vérifier que celui-ci est bien attentif à l'engueulade qui se prépare. Je décide de faire profil bas et ne pas répondre à la provocation.

— Par contre, tes bestioles du groupe témoin injectées au placebo, saines et bien portantes au départ, mon cher Fred, se retrouvent avec un Alzheimer avancé en fin d'étude, un mois plus tard. Dingue, non ? C'est contagieux l'Alzheimer, à présent !

Là, Oscar jubile véritablement de son dernier bon mot. Il s'est retourné à nouveau vers le Directeur, cette fois avec l'air triomphateur du matador à l'instant de la mise à mort. Puis revenant à moi :

— Tu sais combien ça coûte, une souris transgénique Alzheimer(+) ? Et sais-tu combien d'entre-elles ont été bousillées dans ton étude pourrie, de ces petites *Rolls-Royce* de la génétique moderne ? Ajouté

139

au budget des frais fixes et du personnel des différents labos en support ? Tout ça pour qu'au final l'on découvre que tes sujets malades du groupe A ont simplement été intervertis avec les sains du groupe C, que ton G181256 est totalement inactif, et l'étude pour la poubelle !

J'en suis resté bouche bée. Il ne pouvait y avoir inversion, mais comment alors mes souris témoins avaient-elles fait pour présenter en fin d'étude des lésions neuropathologiques et des anomalies biochimiques typiques du groupe test Alzheimer(+) ?

Ce n'était pas le moment de s'attarder à ce genre de question. Au fond de la pièce, le nouveau Directeur n'avait toujours pas bronché, mais on voyait poindre sur son visage le début d'un sourire amusé. Une fois que j'aurais quitté la pièce, ils allaient sans aucun doute tous deux se défouler sur mon sort.

— Ah ! et tant qu'on y est, conclut Oscar, tandis que je reculais à petits pas vers la porte, apprête-toi aussi à l'idée de virer ton technicien-préparateur des formulations d'étude, j'ai déjà ma petite idée, mais je te laisse trouver tout seul. T'es chercheur, pas vrai !

J'ai bredouillé quelques mots en guise d'excuse et suis sorti du bureau sans demander mon reste, pas très fier à vrai dire.

Maintenant que nous sommes entre nous, je peux tout aussi bien vous livrer le vrai message d'Oscar. C'est-à-dire, ce qu'il n'a pas dit explicitement dans son bureau, face au nouveau Directeur, mais que n'importe qui le connaissant un peu aurait pu traduire entre les lignes.

D'abord, il s'en fiche pas mal du G181256, a fortiori de mes expériences ratées. Il sait pertinemment bien qu'il ne s'agit pas de la nouvelle molécule du siècle et que, après celle-ci, il y aura nécessairement un 181257, et ensuite un 58... Car nous sommes loin de maîtriser les tenants et les aboutissants de cette complexe maladie.

Plus globalement d'ailleurs, il n'en a rien à cirer de l'Alzheimer. Ce n'est pas lui, mais l'ancien Directeur général, dont l'épouse est décédée des suites de la maladie, qui est à l'origine de ce programme de recherche. Pas de quoi s'étonner, les grandes causes ne sont-elles en définitive pas toutes au départ la projection d'un intérêt égoïstement personnel ?

Oscar aurait bien voulu qu'on s'investisse dans les troubles du sommeil. C'est son dada, peut-être lui-même ne dort-il pas très bien la nuit, ou quelqu'un de sa famille ? Et maintenant qu'un nouveau Directeur est en place, il va tout faire pour saborder l'indésirable projet concurrent. Ce n'est donc pas par hasard que mon service a été choisi comme cible pour la visite d'inauguration et l'épluchage minutieux qui s'en est suivi de mes derniers résultats d'étude.

D'autre part, Oscar stagne au poste de Chef de Département depuis plus de six ans déjà, ce qui doit être prodigieusement vexant pour un carriériste de son acabit. Autant profiter de l'occasion pour montrer au Directeur nouvellement promu qu'il est un homme sachant diriger les hommes et qu'il peut faire face à de grandes responsabilités. Même beaucoup plus grandes que celles qu'on lui confie actuellement.

D'ici la fin de la semaine, à commencer par le *briefing* de cet après-midi, il aura amplement profité de mon exemple pour resserrer les boulons de la discipline et de la bonne conduite sur l'ensemble du Département.

Tout va y passer. L'heure d'arrivée, la tenue vestimentaire, la durée des pauses, la fréquence des réunions, voire même le type de police de caractères requis pour dactylographier les bilans mensuels, etc. Des choses sans aucun rapport avec l'éventuel manquement constaté, mais qu'il est toujours bon de contrôler pour mieux asseoir son autorité. Et faire bonne impression, qui sait ?

Tout ceci n'engage que moi, bien sûr. Et puis finalement, qu'Oscar marche à la science ou au carriérisme ne change en rien la nature de ma nouvelle mission. J'ai une solide énigme sur les bras, des comptes à rendre rapidement, et pas vraiment d'idée précise par quel bout commencer mon enquête.

Balaye d'abord devant ta porte dit la sagesse populaire. Bon, commençons toujours par-là, on verra ensuite.

*
* *

Mon bâtiment de Pharmacologie préclinique abrite avant tout des bureaux. Le Département dispose également de labos et animaleries, mais pour des raisons légales et autres bonnes pratiques d'expérimentation animale, ceux-ci sont regroupés à l'écart des bureaux, dans un bâtiment spécifique.

Ici, il n'y a principalement que des mecs comme moi, l'une ou l'autre nana aussi, que l'on différencie parfois avec peine de l'autre genre, et tout ce petit monde avec une paire de jeans de la décennie précédente et l'air de sortir du lit ou d'y retourner très prochainement. Ce doit être un peu de tout cela, je pense, et d'autres choses encore moins avouables qui ont valu à notre bâtiment son surnom de *Woodstock*.

Pourtant, qu'on ne s'y laisse prendre, c'est dans ce haut lieu de la science que se conçoivent les protocoles d'étude les plus élaborés de toute la R&D préclinique. Il s'agit notamment de minimiser l'effectif des animaux de chaque étude, pour des raisons bien compréhensibles d'éthique, mais aussi plus prosaïquement pour en limiter le coût, tout en maximisant la signification statistique des résultats. Encore une gageure, mais on en est plus à une près !

Et parlant de protocole, il faut à présent que je repasse mon dernier en date au peigne fin, le cafouillage se trouve peut-être tout bonnement à ce niveau. D'accord, j'en doute, mais soyons systématique.

Je bifurque à droite au bout du couloir et j'aperçois soudain Frank qui m'attend devant la porte de mon bureau. Tiens ! J'ai peur une seconde que sa présence puisse être le signe d'une énième mauvaise nouvelle, mais je note l'instant d'après qu'il tient en main le carnet vert des bons de commande. Il n'est donc là que pour une signature, sûrement des colonnes et des solvants HPLC[1], comme d'habitude.

Car chez nous, pas un rond ne sort de l'entreprise sans un minimum de cinq à six signatures et contre-signatures d'approbation. Et si Frank se trouve ici personnellement devant ma porte pour une chose aussi banale, c'est qu'il sait d'expérience que ce long et fastidieux processus risque en définitive de compromettre jusqu'au bon déroulement de son travail de technicien s'il ne veille pas lui-même au suivi.

Frank est mon meilleur technicien-analyste, le plus fiable de toute l'équipe, et le voilà à nouveau affecté comme coursier-facteur, quel gâchis ! Je lui lance « t'as rien de mieux à faire ? », avec un clin d'œil entendu, et au même instant me vient l'idée de m'adjoindre son aide pour vérifier mon fichu protocole. C'est un perfectionniste exposant dix, doublé d'un esprit logico-mathématique à toute épreuve, je le soupçonne même d'être à haut potentiel intellectuel. Bref, il est parfois un peu zarbi et pas facile à gérer, mais avec lui comme vérificateur je peux en mettre ma main à couper que rien d'anormal ne sera laissé au hasard.

— Tu me ramènes le classeur du protocole d'étude G181256, s'il te plaît, je pense qu'il doit se trouver quelque part dans le labo des analyses chromatogra-

---

[1] High Performance Liquid Chromatography (Chromatographie en phase liquide à haute performance, pour l'analyse qualitative et quantitative de composés)

phiques, là où les échantillons urinaires terminent d'être testés.

Frank me dévisage avec une moue incrédule :

— Le protocole pour démarrer l'étude ? Mais la G181256 est terminée !

O.K., un point pour lui. On ne demande pas quelque chose d'illogique à un surdoué sans lui en fournir d'abord l'explication. Je lui résume en quelques mots l'entrevue avec Oscar et ce qu'on attend urgemment de bibi. Avec l'empathie que je lui connais, il est maintenant prêt à mourir pour moi… façon de parler !

Avant de partir chercher le classeur, Frank me fait tout de même signer son bon de commande. Dévoué, mais non moins entêté, la perle !

Et nous voilà assis tout deux devant ma table de travail, depuis une bonne demi-heure déjà, à éplucher les données page par page afin d'y déceler la moindre anomalie.

Le groupe A est bien celui des souris transgéniques traitées. *Check !* Si l'on en croit les résultats d'étude, l'entièreté de ce groupe de souris Alzheimer(+), un modèle génétiquement modifié pour reproduire les caractéristiques neurodégénératives de la maladie, serait devenu Alzheimer(-), un mois seulement après injection du G181256. C'est-à-dire totalement débarrassé des symptômes de la maladie ! Ce qu'Oscar considère sarcastiquement comme miraculeux et, sur ce point, j'aurais tendance à le rejoindre.

J'ai la flemme de vérifier le second groupe d'individus Alzheimer(+), à quoi bon ? Oscar n'en a pas parlé et les résultats de ce groupe B semblent être comme attendus, c'est-à-dire non débarrassés des symptômes. Logique, puisque ces souris n'ont reçu qu'une formulation placebo. Mais Frank n'en démord pas, il faut être méthodique, et nous voici chacun avec le listing des données du groupe témoin.

Après dix minutes, il relève la tête d'un hochement négatif : rien d'anormal, ici non plus. Mouais, c'est déjà ça, au moins nous sommes sûrs que les souris malades ne guérissent pas spontanément. D'accord, c'est méfiant un scientifique, mais bon, ça peut arriver à tout le monde, même aux pires souris, de guérir naturellement sans médicament.

On se replonge tous deux dans le dernier paquet et nous arrivons au bout du classeur.

— Le groupe C d'individus non transgéniques et non traités est bien correct et complet également, me confirme Frank, après dix nouvelles minutes de silence. Il remet le dernier *listing* en place et conclut à voix haute ce que je supposais déjà bien avant la fin de ce contrôle :

— Rien à redire du dernier groupe des témoins externes.

Voilà ! Ce protocole est donc parfaitement standard, robuste, randomisé et avec des tailles de groupes adaptées à la mise en évidence statistique d'éventuelles différences. Bref, rien de plus normal. Sauf qu'ici, en fin d'étude, ce dernier groupe C qui n'avait rien au départ est devenu Alzheimer(+) dans sa totalité, et qu'il n'est nul besoin de statistiques de haut vol pour démontrer que c'est quasi impossible. Mais alors ?

Je reste seul dans mon bureau, Frank est parti rejoindre au labo la douce berceuse du cliquetis répétitif de ses chromatographes avec passeur automatique d'échantillons. La logique de programmation et l'obéissance docile de ces automates d'analyse ont un côté rassurant qui lui permettra de trouver un sommeil paisible cette nuit. Et moi, je continue à ruminer mon problème, qui va vraisemblablement me tenir éveillé toute la nuit si je n'en viens pas à bout avant.

Reste peut-être la validité des formulations animales, seul maillon faible qui m'est apparu dans la suite des opérations définies par le protocole. C'est aussi Oscar qui m'y a fait repenser tout à l'heure en évoquant le fait que je devais me préparer à l'idée de congédier mon préparateur.

Seulement, cela fait un bout de temps déjà que je n'ai plus un seul préparateur dans mon équipe, restriction budgétaire oblige, et que toutes les préparations des formulations pour études animales de mon labo sont sous-traitées à l'extérieur auprès d'un CRO[1].

Ah, je parierais qu'Oscar ne s'en souvient même plus, c'est vrai que cette décision remonte à l'époque

---

[1] Contract Research Organization (société de recherche contractuelle, entreprise gérant des études biomédicales pour le compte d'une autre compagnie)

de son prédécesseur. Mais c'est bien cette étape réalisée en dehors de mon contrôle direct qui me permet du coup de douter de sa fiabilité. Il faut que j'aille rendre visite tantôt au bâtiment des Développements analytiques pour voir de quoi il en retourne, ils ont peut-être déjà le résultat du dosage des formulations.

N'empêche, entre nous, même s'il y avait eu une erreur de préparation, voire même carrément une inversion des formulations entre produit actif et placebo, je comprends mal de quelle manière cela pourrait expliquer les bizarres résultats de cette étude. Ou bien si ? C'est quoi la petite idée d'Oscar, à quoi joue-t-il ?

*
* *

Tout à mes pensées, le regard absent tourné vers la fenêtre de mon bureau, j'ai à peine conscience de l'affairement des employés qui déambulent de plus en plus nombreux à travers le parc du site, seuls ou par petits groupes, d'un bâtiment à l'autre.
La matinée est déjà fort avancée et l'agitation bat son plein. Un pic généralement de courte durée, à vrai dire, juste avant la baisse à la pause déjeuner et la lente décroissance de l'après-midi, jusqu'à la sortie des classes, dernier sprint final avant la désertion quasi totale.

Et si je commençais par vérifier les allégations du patron ? Pourquoi devrais-je le croire sur parole, lui, quand il affirme que mes souris Alzheimer(+) du groupe A seraient guéries ? Un truc aussi incompréhensible que peu crédible ! Me suis-je laissé embobiner par son histoire comme un débutant ? Il a peut-être voulu me piéger, c'est possible, avec le nouveau Directeur dans les parages. Et sur quoi se base-t-il ? Il faudrait que les plaques amyloïdes aient totalement disparu du cortex cérébral des souris, est-ce bien le cas ?

Ça ne devrait pas être très compliqué à vérifier, du coup, mais vu le contexte je ne peux en être totalement sûr qu'en consultant moi-même le dossier des résultats de dissection au labo d'anapath. Il me reste pile une heure avant que tout le monde ne s'arrête pour la pause de midi. Le bâtiment est à cent mètres de mon bureau, j'ai juste le temps pour éclaircir ce point.

Je ne connais personne en particulier au service d'Anatomopathologie, mais le technicien que je croise à l'accueil est fort prévenant et se propose de m'accompagner jusqu'à la salle informatique, à côté des labos d'autopsie, là où sont momentanément accessibles sur un serveur IT[1] local les dossiers des études terminées. J'espère que la G181256 s'y trouve toujours. Car une fois les données archivées dans le système central, tout est supprimé du serveur local et c'est alors la galère pour l'obtention des codes d'accès et autres multiples barrières de sécurité à

---

[1] Information Technology (Technologies de l'information et de la communication)

franchir pour pouvoir relire ne fut-ce qu'une page de son propre dossier.

On se connaît vaguement, le technicien et moi, mais plus moyen de mettre un nom sur son visage. Je dois l'avoir vu lors d'une fête d'anniversaire chez un collègue, c'est ça ! À sa manière de m'aborder, le bonhomme confirme en effet me connaître :

— Avant que je n'oublie, Luiz da Silva est passé au labo de dissection la semaine dernière. Vous le connaissez aussi, n'est-ce pas ?

Luiz, bien sûr que je le connais ! Mais lui, le type ici, comment s'appelle-t-il encore ? Je risque de le vexer en lui demandant son nom, car il se souvient certainement du mien. Tant pis ! Ça me reviendra plus tard.

— En tout cas, poursuit le technicien, il m'a demandé plusieurs fois si vous étiez dans le bâtiment. J'ai eu comme l'intuition qu'il attendait quelque chose de votre projet, peut-être un proche de sa famille qui serait atteint de la maladie d'Alzheimer ? Nous voyons assez souvent ce type d'intérêt de la part du personnel, ici dans notre entreprise, pour un domaine de recherche qui les concerne particulièrement, non ?

J'écoute à peine et répond machinalement une banalité. Tout le monde a en effet aujourd'hui parmi ses relations proches ou lointaines l'une ou l'autre personne concernée par l'Alzheimer. Luiz ne fait vraisemblablement pas exception.

Par ailleurs, le temps presse et je n'ai aucune envie de m'éterniser, il flotte ici dans l'air ce relent caractéristique et un peu piquant du formaldéhyde que je ne suis pas sûr de pouvoir supporter très longtemps. Je presse le pas dans le couloir. Même le tablier du technicien relargue cette odeur tandis que je le suis vers la salle des ordinateurs. N'ayant toujours pas retrouvé comment il se nomme, je le baptise Formol.

Nous y voici enfin ! La salle informatique est sommairement meublée de quelques tables recouvertes d'ordinateurs desquels partent des câbles dans tous les sens.

À l'invitation de Formol, je m'installe au clavier du premier pc libre et je pianote rapidement quelques touches à travers les menus déroulants pour me rendre aux archives locales. Ouf, la G181256 est toujours bien là. Je sélectionne d'emblée le répertoire avec les fichiers de type image des coupes histologiques du groupe A. Avec la coloration au rouge Congo conférant aux protéines bêta-amyloïdes une teinte vieux rose prononcée, les agglomérats devraient distinctement ressortir.

Mais à peine quelques minutes plus tard je dois m'y résoudre : plus aucune trace des plaques amyloïdes, pas une seule, sur aucune des coupes histologiques.

Par acquit de conscience, je vérifie au hasard quelques fichiers des autres sujets, mais tout est pareil pour les douze souris du groupe A. Comme si quelqu'un avait passé son temps à enlever méticuleusement toutes les plaques amyloïdes une par une de leur cerveau. Bizarre, on décèle même presque des espaces libres entre les neurones. Il s'agit donc en tout cas d'animaux guéris, cela ne laisse aucun doute, Oscar a bel et bien raison. Et ce dernier point me vexe sur l'instant plus encore que de savoir mon étude bonne pour la poubelle.

Je m'attarde un moment à vérifier les coupes du groupe C, celui qui était supposé reprendre les individus sains. Mais au contraire des premiers, l'on voit clairement ici les signes histologiques typiques de la maladie d'Alzheimer. Les plaques rose foncé sont distinctement visibles entre les neurones. Rebelote pour Oscar ! Et aucune explication à l'horizon, je dois bien me rendre à l'évidence.

Bref, plus rien à faire ici, d'autant que l'odeur m'est devenue parfaitement insupportable.

Formol me raccompagne jusqu'à la sortie. Une dernière formule de politesse de ma part, sans doute par trop convenue et peu convaincante, car il me regarde partir comme si j'étais un extraterrestre.

*
* *

Je rentre chez moi pour la pause lunch. D'habitude, à l'heure du déjeuner, je rejoins la cafèt' de la R&D pour avaler en vitesse un sandwich préparé le matin par mes soins. Mais mon départ précipité à l'aube fait que je suis sans casse-croute et, aujourd'hui en plus, j'ai vraiment besoin de couper cette fichue journée.

Chemin faisant, j'essaye de faire le bilan de la matinée. Peu glorieux ! Et ce qui me chagrine le plus pour l'heure n'est pas tant le fait que mon étude aille finir à la cave que de devoir admettre qu'Oscar a raison. De toute manière, les caves des industries pharma sont déjà pleines d'études abandonnées pour l'une ou l'autre bonne ou mauvaise raison. Souvent plus mauvaise que bonne, d'ailleurs.

Dans le milieu, tout le monde s'en fiche éperdument, car le coût de ce rebut sera immanquablement répercuté sur le prix du prochain médicament à mettre sur le marché. Les patients n'auront qu'à payer, à leur insu, bien entendu. Belle éthique, non !

Pire encore, dans ces mêmes caves se retrouvent des études parfaitement abouties et concluantes quant à l'efficacité du produit étudié, mais concernant une pathologie pour laquelle l'on a jugé qu'il n'y avait pas de juteux marché potentiel. On ne va tout de même pas investir dans un projet pour trois péquenots qui vont de toute manière mourir sous peu ! Qui donc est encore assez naïf pour imaginer que l'industrie pharmaceutique fait œuvre humanitaire dans le choix de ses domaines de recherche ?

Et surtout, veiller à ne guérir personne, car ce serait perdre ses clients. De préférence, juste soigner quelques symptômes par une médication chronique qui fidélisera le malade jusqu'à son dernier souffle. Mais qu'est-ce que je fous dans cette boîte, vieil idéaliste désabusé !

Plongé dans ces pensées autant vaines que néfastes pour ma santé mentale (faut que j'y prenne garde, cela m'arrive de plus en plus souvent !), je remarque soudain être arrivé à l'entrée de ma rue. Tiens ! Devant ma maison se trouve Luiz, le collègue dont Formol m'évoquait tout à l'heure la visite la semaine dernière à l'anapath. Une coïncidence ? Mais putain, qu'est-ce qu'il me veut, lui ? Pour ce qui est du boulot, j'ai ma dose aujourd'hui, au diable les emmerdeurs !

Je m'arrête à sa hauteur et j'inspire profondément pour reprendre mon calme. Luiz Esteban da Silva est un homme autant plaisant que cultivé, et sa présence devant mon domicile est suffisamment inattendue que pour m'inciter encore quelques instants à un peu de diplomatie.

Assis sur le bord du capot de sa voiture, il me fait un signe amical de la main. Je baisse la vitre latérale et il me salue avec entrain :

— *Hola*, j'ai entendu parler de tes problèmes. Difficile de faire autrement, t'as déclenché un de ces remue-ménage à la boîte ce matin !

Luiz a l'indolence gestuelle typique des gens du Sud. J'ai le souvenir qu'il est originaire d'Amérique latine, mais je ne situe plus très bien d'où exactement. Brésil, je dirais, comme le laisse supposer son petit accent chuintant le portugais.

— Salut, Luiz, en effet, j'ai le patron remonté à bloc contre moi pour une bizarre histoire à propos de ma dernière étude.

Luiz me fixe d'un regard interrogateur, je sens qu'il souhaite en apprendre plus, mais bon, on ne va tout de même pas continuer à discuter sur le pas de la porte. Tout en parlant, je l'invite à rentrer pour manger un bout sur le pouce avec moi et prendre un pot. Il a l'air de savoir des choses que j'ignore et, comme mon enquête s'embourbe lamentablement, j'aime autant ne négliger aucune piste. Qui sait, peut-être qu'une ou deux bières pourront lui délier la langue ?

On passe la porte et il s'engage à l'intérieur en me complimentant avec les clichés d'usage. « Oh, c'est sympa chez toi. Bien arrangé pour un célibataire, et blablabla... »

Sans répondre, je l'ai invité à s'asseoir dans le divan, mais il se relève après un court instant et reste en admiration silencieuse devant mon thermomètre de Galilée.

C'est un grand cylindre en verre blanc, scellé aux deux extrémités et posé verticalement sur le rebord de la cheminée. À l'intérieur, une dizaine de bulles en verre partiellement emplies d'un liquide rouge-bordeaux et lestées par des poids différents se maintiennent en suspension dans un liquide qui ressemble à de l'eau, mais qui n'en est probablement pas.

Le principe qui en fait un thermomètre est fort simple. La densité du liquide extérieur varie avec la température ambiante et modifie par conséquent la densité apparente des bulles de verre en suspension. Le poids respectif des différentes bulles a été calibré de manière à ce qu'elles se déplacent, une à la fois, vers le fond du tube à chaque augmentation d'un degré centigrade. Il suffit donc de lire la valeur de la dernière bulle prête à sombrer pour connaître la température ambiante.

Luiz a délicatement saisi l'objet et le caresse de ses mains fines, il affiche soudain une mine absorbée, un peu comme s'il voulait entrer en communication avec l'intérieur du cylindre. Je suis moi-même un court instant surpris en voyant les bulles se mouvoir progressivement le long du tube. Bon sang !

— En effet, constate Luiz, ton thermomètre de Galilée fonctionne rudement bien.

Je reste encore un instant médusé avant de me rendre à l'évidence. Mais oui, bien sûr, il s'agit juste de la chaleur de ses mains qui a fait monter la température du liquide et voilà le thermomètre qui réagit... il n'y a aucune magie derrière cela !

— Et fort bel objet, renchérit Luiz.

J'acquiesce du regard, je ne peux que lui donner raison. Car en dépit du côté kitch et énigmatique de l'objet, c'est aussi un peu de la Science qui est enfermée dans ce cylindre et, à ce titre, je considère parfois ce simple thermomètre comme un totem en offrande aux dieux de la Découverte.

Je le dis avec une pointe de moquerie, car j'ai appris avec le temps que la vraie connaissance se soustrait aux yeux de la science et qu'on ne l'enferme certainement pas dans un tube en verre.

À vouloir tout expliquer des principes qui gouvernent l'Univers, l'homme s'éloigne peu à peu de la vérité, alors qu'il croit naïvement s'en approcher. C'est clair. Le scientifique est d'abord obligé de s'inventer de nouveaux mots pour construire son explication du monde, en oubliant presque aussitôt que sa démarche ultérieure ne servira qu'à expliquer les mots et certainement pas ce qu'il y a derrière. Le mot n'est alors qu'un obstacle supplémentaire entre lui et la chose. Et le mystère persiste.

Luiz sait tout cela, lui aussi, j'en suis certain. Nous en avons déjà discuté ensemble. Mais je parie que ce qui le captive dans cet objet, c'est d'essayer d'y percevoir l'état d'illumination de l'inventeur à l'instant précis de sa création, le fil de pensée de celui qui a cru un instant soulever un bord du voile de l'inconnu en croyant démasquer l'un de ces faux mystères.

Nous avons terminé de déjeuner, presque en silence, et sommes repartis séparément vers le site, chacun à bord de sa voiture. Finalement, Luiz n'a pas dit un seul mot à propos de la maladie d'Alzheimer, ni au sujet de mon étude. De mon côté, je n'ai pas osé le brusquer avec mes questions, par crainte de raviver quelques souvenirs déplaisants. Ou de le bloquer définitivement, car j'ai cette vague intuition qu'il sait quelque chose. Mais aurait-il peur ? D'Oscar ?

*
* *

André m'avait laissé un message sur mon portable, disant de le rejoindre à son bureau, au bout de l'animalerie. Je l'avais immédiatement mis au parfum ce matin avant qu'Oscar ne se mette à le cuisiner ; c'est un copain, je lui dois bien ça. Vu l'inversion des résultats entre les souris malades traitées et les

157

animaux sains du groupe témoin externe, le boss allait tôt ou tard débarquer sur son dos.

En plus, il n'est pas totalement exclu qu'une malencontreuse permutation des cages soit tout de même à l'origine de cette énigme. Si c'était le cas, autant prendre les devants, et l'on trouvera bien ensuite, André et moi, une petite histoire plausible afin de faire avaler la couleuvre au patron.

Et maintenant que les séquelles de l'engueulade d'Oscar s'estompent progressivement, je dois avouer honnêtement que cette enquête m'excite de plus en plus. Pour une fois qu'on laisse un chercheur chercher sans contraintes !

De retour au boulot, je me dirige directement vers le bâtiment R5 et, aussitôt devant l'entrée, mon badge ouvre automatiquement la double porte. N'importe qui vous dirait qu'à partir de cet endroit cela pue l'urine de rat à plein nez, mais moi, avec l'habitude, je ne remarque plus grand-chose. Sauf parfois légèrement le vendredi matin, quand ils vident la litière souillée et procèdent au nettoyage hebdomadaire des cages.

— Bonjour Marianne !

Je salue la secrétaire de l'animalerie, et ma pensée s'égare sur le fait que son mari, lui, ne s'y est vraisemblablement pas encore fait à ce parfum d'urine de rat imprégné dans les vêtements, lorsqu'elle rentre du boulot le vendredi.

Pourtant, ici à l'animalerie, tout est aseptisé, mesuré, contrôlé, validé. La température de chaque local où sont entreposées les cages ne varie pas de plus d'un demi-degré centigrade et les cycles de luminosité jour-nuit alternent exactement toutes les douze heures. Chaque animal est identifié par un code et est localisé précisément dans le système informatique, et impossible de s'emmêler les pinceaux avec le marquage RFID[1] des cages.

Connaissant par ailleurs André de longue date, parler d'une erreur dans son département me semble totalement surréaliste.

Je progresse vers le bout du couloir et je passe devant la salle du MWMT, comme on l'appelle ici entre nous. Ça vient de l'anglais *Morris Water Maze Test*, parce qu'entre gens érudits de la R&D l'usage de l'anglais est tellement plus ultra chic que de dire « la piscine de Morris ». De plus, parler de piscine pour nommer cette expérience des neurosciences comportementales conçue pour évaluer la mémoire des rongeurs, ça ne fait pas très classe non plus, même s'il ne s'agit en somme pour du vrai que d'une petite baignoire cylindrique pour rongeurs !

D'accord, c'est un peu plus sophistiqué, car les chercheurs sont de petits sadiques, c'est bien connu, surtout avec les animaux de laboratoire (ironie). Aussi, ont-ils peint l'intérieur de la cuve de couleur blanche afin que la souris n'ait aucun point de repère. Même le liquide est blanc opaque, habituellement un mélange d'eau et de lait en poudre, de manière à ce

---

[1] Radio Frequency IDentification (radio-identification, procédé pour récupérer à distance des informations contenues sur des radio-étiquettes)

que le sujet testé ne puisse en aucun cas voir la petite plateforme grillagée, de la taille d'un animal, qui est immergée à faible profondeur et invisible au milieu du quadrant nord-est de la piscine. Alors que c'est justement de ladite plateforme que la souris va se mettre désespérément en quête lorsqu'on la plonge tête vers le bord en démarrant le test, car il n'y a pas d'autre endroit pour se reposer, et la natation d'endurance n'est vraiment pas son *hobby* préféré.

Encore plus sadique (lol), en répétant le test, l'on va faire partir la souris aléatoirement d'un endroit à chaque fois différent. Mais la bestiole est intelligente, elle mémorise des repères extérieurs à la piscine, délibérément positionnés à son intention, par exemple la porte du labo, un poster au mur, le frigo dans le coin, de sorte qu'à chaque essai elle réduit sa distance parcourue en de vaines explorations et améliore son temps précédent. Le score final de performance est fourni par le programme analyseur d'image de l'ordinateur auquel est couplée une caméra placée au-dessus de la piscine et qui enregistre l'ensemble des déplacements.

Toutes les souris de ma dernière étude sont passées par là. Pour les transgéniques qui présentent des lésions du cortex cérébral avec plaques amyloïdes typiques de l'Alzheimer, autant vous dire qu'elles ne se souviennent même plus d'être une souris ! Et elles performent par conséquent significativement moins bien au MWMT que les souris saines, l'on s'en serait douté, sauf si une molécule *miracle* issue de notre belle recherche venait tout à coup les guérir de leur amnésie. Tada ! le G181256. Et sinon le 181257... ou le 58, vous connaissez la suite.

Tiens, voilà André qui me fait signe au bout du couloir. Je note qu'il n'a pas encore eu le temps d'enfiler son habituel tablier blanc, sûrement un des derniers que Betty a fait revenir dare-dare au boulot.

— Bonjour mon cher, tu as la police à tes trousses, dirait-on ? plaisante-t-il en me saluant.

André approche de la soixantaine, petites lunettes et cheveux grisonnants. Il a la distinction naturelle des érudits d'une autre époque. L'expérience des années l'a en outre endurci à ce type de crise et une bonne part de sa nonchalance provient par ailleurs du fait que se profile pour lui tout doucement à l'horizon une retraite bien méritée. Mais dans son cas, nonchalance ne rime d'aucune manière avec négligence, son haut sens du devoir et les années de compétences accumulées lui ayant appris qu'il vaut mieux mettre tout en œuvre pour se prémunir d'une erreur plutôt que galérer à devoir la réparer.

— Ben oui, cher complice, fais-je, et toujours sur le ton de la plaisanterie je jette subrepticement un regard inquiet à gauche puis à droite, faisant mine de m'assurer que personne ne nous observe.

— Rentre vite, Fred, m'invite-t-il, maintenant tout souriant, il ne faudrait pas en effet qu'on nous voie comploter. Il allume son pc, m'installe à son bureau du même côté que lui afin qu'on puisse consulter ensemble les données d'études et me sert un café tout en échangeant quelques banalités.

161

Toute mon attention se porte sur l'écran où viennent de s'afficher les données de traçabilité de la localisation RFID des cages d'étude G181256. Si les cages des souris du groupe A avaient été malencontreusement interverties avec celles des témoins sains, ce serait fort fâcheux pour l'étude, mais au moins on tiendrait une explication plausible et je pourrais reprendre mon vrai boulot. Une telle inversion est toujours possible, entre autres lors du renouvellement de la litière. C'est bien pour cette raison qu'on marque chaque cage afin d'en tracer le parcours. Je m'attarde quelques instants à essayer de trouver l'éventuelle bavure, mais les codes RFID sont tellement bien structurés en colonnes à l'écran, jour après jour, qu'un simple coup d'œil suffit pour conclure.

— Tu vois, tout concorde, commente sereinement André par-dessus mon épaule. J'avais déjà vérifié de chez moi, sur mon portable, juste après ton appel. Et puis, je ne laisse de toute façon jamais clôturer une étude à l'animalerie sans en vérifier personnellement toutes les données. Tu diras à Oscar que ce n'était pas la peine d'en faire toute une histoire.

— Ça, tu lui diras toi-même, précisé-je. Je me risque à formuler à voix haute la dernière éventualité qui pourrait expliquer la mystérieuse inversion, connaissant d'avance la réponse d'André :

— Et si l'on avait échangé les souris des cages ? Tout en maintenant chaque cage au bon endroit, cela n'apparaîtrait pas au niveau des données de traçabilité, non ?

— Mais d'où sors-tu de telles idées ? André s'est reculé de deux pas et me toise d'un air presque offusqué :

— Même si en théorie une telle éventualité est potentiellement envisageable, tu sais pertinemment bien, mon cher ami, comment se déroule notre travail. Un technicien ne peut prendre qu'une seule cage à la fois. Il lui est non seulement interdit de faire autrement d'après les procédures opératoires, mais il n'en a en outre pas la possibilité physique, car son chariot de transport n'est de taille que pour véhiculer une seule cage à la fois.

Et une fois qu'il en a terminé avec celle-ci, il n'a pas d'autre possibilité que de la remettre à la place d'où elle vient, avant d'en reprendre une autre, puisqu'il n'y a aucun autre emplacement de libre dans la salle d'expérimentation. Jamais, par conséquent, deux cages ne se retrouveront ensemble en dehors de la salle, et un échange d'animaux ne peut donc fortuitement se produire.

— Mouais, en effet. O.K., fais-je, j'essayais juste d'être exhaustif au niveau du raisonnement et je n'avais nulle intention de dénigrer le travail de l'animalerie, autant pour moi !

— Au reste, poursuit André, encore un peu sur le ton de la défensive, il doit y avoir d'autres explications bien plus plausibles. Ce n'est pas un tour de magie, tout de même ! Ton CRO qui prépare les formulations, par exemple, est-il fiable, lui ? Es-tu sûr que ce n'est pas là que se trouve la solution de ton énigme ?

Bon, encore un qui doute des formulations d'étude, peut-être y a-t-il tout de même quelque chose ? André, lui au moins, est au courant que ce n'est pas chez moi qu'on prépare tout ça.

N'empêche, en tant qu'investigateur principal de l'étude, c'est sous ma responsabilité que se déroulent toutes les opérations, celle-ci y comprise, et je me dois en tout cas d'éclaircir toute étape pour laquelle subsisterait un doute.

*
* *

J'ai pris congé d'André, après l'avoir remercié pour son temps et son café, et je traverse à présent le somptueux parc du site pour la énième fois de la journée.

Le bâtiment des Développements analytiques est l'un des premiers à avoir été construit. Il est beaucoup plus au sud par rapport aux immeubles récents, comme celui où je suis installé. Une belle distance, en fait.

J'aurais pu reprendre ma voiture, mais ça n'aurait pas fait une grosse différence à l'arrivée, vu que le parking est à l'opposé de mon point de chute. Et puis ces promenades sont assez plaisantes finalement, surtout lorsque le soleil est radieux comme aujourd'hui. Mais totalement improductives, spécialement lorsqu'on songe que chez nous il n'y a pratiquement que les gros salaires qui soient autorisés à déambuler toute la journée d'une salle de réunion à l'autre. Les super gros salaires aussi peuvent se promener, mais ils préfèrent faire venir chez eux les représentants des castes inférieures afin d'exhiber leurs somptueux bureaux.

Ah, voici l'entrée du palais qui abrite les rois de la burette.

Je demande à parler au responsable du laboratoire, Gustave Bender. C'est une vieille connaissance. On va pouvoir discuter calmement et tirer l'affaire au clair, avant d'ameuter, si besoin est, la smala des fonctionnaires en tabliers blancs.

Il n'est pas là pour l'instant, m'informe une technicienne à l'entrée (je me dis qu'il doit vraisemblablement être en balade dans un autre coin du parc). Mais pour ma chance, poursuit-elle, je ne suis pas venu pour rien, car c'est elle qui s'occupe précisément de mon dossier G181256 et que justement « suite au passage de Monsieur Oscar Peavon hier en fin d'après-midi, j'y ai remis de l'ordre et je voulais vous contacter, car il y a un gros problème. »

Je ne peux retenir un sourire à l'idée d'un dénouement proche. André a eu la bonne intuition, et puis Oscar aussi, finalement (il aurait néanmoins pu me prévenir qu'il était venu fouiner ici !).

Mais c'est moi qui vais avoir l'honneur de lui annoncer que, contrairement à ses plans, c'est le CRO qu'il va falloir virer, et non un hypothétique préparateur de mon département. Préparateur qu'il va par contre devoir s'empresser d'engager chez moi et sous mon contrôle direct afin de se prémunir de tels incidents à l'avenir.

Je note que la fille est déconcertée par mon attitude réjouie et qu'elle doit vraisemblablement me prendre pour un demi-dingue. Tant pis, je n'ai pas le courage de lui expliquer la raison de ma joie et je l'accompagne sans autres commentaires vers la salle des archives.

— Voilà, fait la technicienne, en extrayant d'une étagère un volumineux dossier analytique identifié G181256. J'ai ici le résultat des dosages de validation de toutes les formulations qui ont été administrées au cours de vos trois dernières études. Autant vous dire que ce n'est pas brillant.

— Ah bon, dis-je, de plus en plus intéressé.

— Oui, enfin, rien à redire pour les formulations placebo injectées aux animaux de contrôle. On n'y a retrouvé aucune trace de produit actif, donc, tout est normal.

Je pousse un petit ouf de soulagement, discrètement cette fois. Jusqu'ici tout confirme mes espoirs. Les souris transgéniques Alzheimer(+) de contrôle négatif étaient en effet hors de cause.

— Par contre, pour les animaux transgéniques traités par le produit, il y a un très gros problème.

— C'est bien ce que je craignais (à ce stade, je suis sur le point de crier ma joie).

— Les analyses ont été refaites, comme l'impose la procédure en cas de non-conformité. Elle marque une pause pour accentuer l'effet dramatique. Vos concentrations en substance active sont systématiquement à 83 % du dosage théoriquement attendu. Ce qui fait 17 % d'erreur par défaut, alors que nos spécifications internes autorisent une déviation de maximum 5 %. Vous vous en rendez compte !

Cette fois, c'est elle qui jubile, et moi qui m'effondre littéralement. Je pensais avoir trouvé la clé de l'énigme, et me voilà plongé dans des comptes d'apothicaire.

Je feuillette nerveusement le classeur. C'est pourtant vrai, il n'y a pas d'inversion. Les souris transgéniques traitées ont bel et bien reçu du produit actif, peut-être un peu moins que prévu, mais qu'importe, et les non transgéniques non traitées n'en ont jamais eu une goutte.

— Je pense bien que vous allez devoir recommencer toute cette étude, intervient la technicienne, l'air extrêmement satisfaite de sa redoutable efficacité à démolir le boulot des autres. On finirait par croire que les différents bâtiments sur le site sont autant d'entreprises concurrentes qui n'ont d'autres objectifs que de se livrer des batailles acharnées.

Je tente de lui expliquer calmement que sa soi-disant découverte présente peu d'intérêt en regard du problème qui me préoccupe et que, même s'il s'agissait réellement d'une erreur de 17 %, celle-ci ne pourrait conduire à aucune conséquence fâcheuse dans le cadre du plan expérimental que j'ai adopté.

— Ce sont des études exploratoires où l'on tente uniquement de vérifier l'activité pharmacologique globale. La dose choisie est un ordre de grandeur relatif, et ce n'est pas une petite erreur qui pourrait...

Elle m'écoute à peine et revient sans cesse sur le dépassement des spécifications internes. Je ne fais même plus attention à la fille.

Je sors de la salle des archives, tout à mes pensées, et je reprends le couloir vers la sortie. Grand dieu, tout est normal avec les formulations administrées aux animaux, il doit bien y avoir une explication, pourtant ! Elle me poursuit en agitant le dossier.

— Eh, ne partez pas ! Il faut que vous contresigniez les analyses pour accord. Une erreur est une erreur, admettez-le. Mais si vous fuyez vos responsabilités, il va falloir que j'en réfère à ma hiérarchie, moi. Monsieur...

Elle finit par m'agacer. Tout à l'heure, en parcourant rapidement son classeur, j'ai tout de suite noté où se trouvait la maldonne. Je ne comptais pas faire de scandale avec une méprise qui ne m'avance en rien vis-à-vis de mon problème, mais elle en fait trop. Tant pis pour sa pomme.

— Ah, tant que j'y pense, fais-je tout en continuant vers la porte. Le dérivé du G181256 que nous utilisons dans nos expériences est un sel de sodium. Cela figure clairement dans tous mes protocoles, vous pouvez vérifier. Je parierais gros que le produit que vous avez utilisé comme calibrateur de référence pour votre dosage est la forme acide, non sodée.

J'en suis même certain. Je l'ai lu dans son dossier. Mais après tout, elle n'a qu'à l'éplucher elle-même pour retrouver sa bourde.

— Vos 17 % par défaut correspondent exactement à la valeur d'un atome de sodium en moins. Cela me parait plus qu'une coïncidence. Rappelez monsieur Oscar Peavon lorsque vous aurez refait vos calculs, ou refait l'analyse de mes formulations en utilisant le bon calibrateur de référence. Moi, ce n'est pas nécessaire de me rappeler, à une prochaine fois, peut-être !

*
* *

Il faut que je repasse au bureau pour faire le point. J'ai fait mille et une choses depuis ce matin et je reste avec la lamentable impression de n'être nulle part. Il doit pourtant bien y avoir une explication à cette putain d'inversion de résultats ? Si je schématise tout ça sur mon grand tableau mural, j'y verrai peut-être plus clair. C'est comme ça que je fonctionne d'habitude avec mes travaux de recherche, ne changeons pas une méthode gagnante.

Le trajet du retour à travers le parc me semble bougrement plus long qu'à l'aller. Maintenant que j'y repense, j'aurais tout de même dû prendre ma voiture. En rentrant, j'appellerai André aussi. Faut que je lui raconte le coup des formulations, ça va bien le faire rire. Déjà que les vétérinaires n'encaissent pas trop les chimistes. Et plus encore dans notre boîte, avec le cloisonnement intentionnel des différents départements, ça ne favorise guère la convivialité interdisciplinaire. Ah oui, et puis ne pas oublier de lui parler de Luiz. Il m'avait tout de même l'air perturbé, le gars, maintenant que j'y repense. Peut-être André en sait-il un peu plus ?

Et si j'allais moi-même reparler à Luiz ? Bonne idée ! Il crèche à l'étage, dans le même bâtiment que le mien. Il se sentira sûrement plus à l'aise dans son bureau que chez moi pour répondre à mes questions.

Je grimpe dare-dare les deux volées d'escaliers et me retrouve aussitôt devant sa porte. Celle-ci est largement ouverte, mais n'offre à mes yeux qu'un bureau malheureusement vide. Luiz occupe comme moi un bureau seul, privilège des managers. Je ne peux dès lors me renseigner auprès de personne sur la raison de son absence. Bon, mais il y a de la lumière et son pc est toujours allumé, il ne doit donc pas être très loin, je vais l'attendre.

Je m'assieds sur sa chaise, Luiz me pardonnera volontiers cette liberté, et je me mets à observer la pièce, histoire de passer le temps. Un bureau classique de chercheur, plein de revues scientifiques et de classeurs épars. Des *listings* de données aussi, dangereusement empilés, et puis quelques objets çà et là, mais curieusement rien de très personnel. Aucune photo de famille ni de dessin d'enfant, comme l'on en voit si souvent lorsque les gens tentent de se convaincre que le travail n'est pas la seule raison de leur existence.

Mais peut-être n'a-t-il pas d'enfants, plus de famille ? Je réalise à quel point je sais peu de choses à son sujet.

Le temps passe, j'ai tant à faire, vais-je devoir patienter encore longtemps ? Sur son bureau traîne quelques revues dont je me mets à feuilleter la première sur la pile, pour meubler l'attente. Il s'agit apparemment d'un mensuel de zététique, présentant divers articles à propos de « l'étude rationnelle de phénomènes dits paranormaux, de pseudosciences et des thérapies étranges », ainsi que l'annonce l'éditorial. Que fiche ce type de revue sur le bureau de Luiz ?

Un article traite d'instinctothérapie, je m'y attarde un peu. Marrant comment des gens aboutissent d'eux-mêmes à la conclusion qu'ils peuvent faire confiance à leur instinct pour s'alimenter correctement. Il est loin le temps où à quatre pattes nous nous nourrissions d'éléments naturels non transformés. Même les animaux s'empoisonnent parfois face à un contexte alimentaire nouveau. Et puis, laissez faire une bande de gosses dans un supermarché, et vous verrez vite s'ils préfèrent les légumes aux sucreries !

Plus loin, un reportage sur la chirurgie psychique et la fameuse école des médiums-guérisseurs brésiliens : « Faiseurs de miracles, ou charlatans ? » Le principe de travail du médium consisterait à laisser une « Entité bienfaitrice » incorporer son corps et permettre à cette dernière de réaliser sa mission à soigner. Apparemment, ils se diraient capables, par simple imposition des mains voire même sans le moindre contact, de transférer toute forme d'énergie ou de matière d'un corps vers un autre. Le spirite fondateur de l'École aurait déjà formé plusieurs disciples et s'être attiré des milliers de fidèles. Eh, mais… bon sang ? Luiz ? Non, ce n'est pas crédible, enfin !

Je veux en avoir le cœur net, il faut que j'appelle André tout de suite. Crénom ! mon portable n'est plus dans la poche de mon pantalon ! Ah, peut-être laissé dans ma veste, au portemanteau de mon bureau ? Je redescends précipitamment d'un étage, tout à mes pensées. Luiz a-t-il eu l'occasion de toucher mes souris lors de ses passages répétés à l'animalerie ? Apparemment il me cherchait ? Ou pas ?

Holà, holà ! Tu t'emportes, Fred ! Ces histoires de guérisseurs charlatans n'ont aucun fondement. C'est d'ailleurs ce que concluait l'article. Allez, on se ressaisit, sinon tu n'arriveras jamais avec ce mental agité à résoudre méthodiquement ton problème d'étude.

Ouf, mon portable est bien là, manquait plus que je ne l'ai oublié ailleurs ! Je reviens à mon bureau et me laisse tomber sur la chaise, mes jambes tremblotent encore un peu. Trois sonneries, à l'autre bout on décroche ; je reconnais la voix d'André et j'attaque le premier :

— C'est moi ! Ne pose pas de question, dis-moi juste « Désolé, monsieur, c'est une erreur » si tu n'es pas seul ou que tu ne peux parler librement, et rappelle-moi dès que tu peux.

— C'est bon, mais fais vite s'il te plaît, je n'ai qu'une minute, car je suis déjà en retard pour le *briefing* préparatoire à la grand-messe du patron, il doit annoncer la restructuration du Département. Il va y avoir pas mal de changement au niveau de l'organigramme, apparemment avec plusieurs départs, dont celui de Luiz, aussi l'arrivée du nouveau Directeur…

— Comment ça, Luiz ?

— Ben oui ! Luiz Esteban da Silva. Il est venu me faire ses adieux en coup de vent en début d'après-midi, même qu'il n'allait pas avoir le temps de saluer tout le monde, car son avion décollait incessamment. Mais tu dois être au courant, il venait de chez toi, m'a-t-il dit.

— Il ne m'a rien dit. Et pour quelle raison ce départ précipité ?

— Apparemment il repartait en Amérique, un proche atteint d'une malade grave le réclamait là-bas d'urgence à son chevet, semble-t-il. Je n'en sais pas plus (silence). Tu ne préfères pas que je te rappelle à l'aise tout à l'heure ? On pourra parler plus au calme de tes soucis, ça fait du bien, tu sais !

Je l'interromps, pas le bon moment pour une séance de psychothérapie.

— Je n'en ai que pour trente secondes. Concentre-toi, André, et essaye de te souvenir si à un moment ou un autre tu aurais vu Luiz entre les cages de mes souris d'étude.

— Quelle drôle d'idée, je viens de te dire qu'il est passé en coup de vent. Il n'est resté que trois minutes dans mon bureau.

— Mais non, pas aujourd'hui ! Je te parle du moment où il serait venu à plusieurs reprises à l'animalerie alors que ma dernière étude était en cours.

— Euh, mais je ne sais plus bien, moi, cela fait un bout de temps, sais-tu ! Et puis quelle importance à présent, tu sais bien que cette étude va de toute manière valser à la trappe.

— Essaye de t'en souvenir, André, c'est capital, s'il te plaît, je t'expliquerai plus tard. Tu m'as dit ce matin qu'il était passé plusieurs fois la semaine dernière, soi-disant qu'il me cherchait. Luiz aurait-il pu à un moment ou un autre s'approcher de mes souris, ou même les avoir pris dans les mains ?

— Écoute, tu sais comme moi que tout ça n'est guère autorisé par les procédures de mon labo. Et puis d'un autre côté, les animaux sont régulièrement manipulés dans le cadre des contrôles, il faut bien les prendre en main pour les peser et les mesurer, ou lorsqu'on change la litière des cages. Plus personne au sein de l'animalerie ne prête une attention particulière à quelqu'un qui aurait une souris en main, c'est d'une banalité quotidienne !

— Tudieu ! fais un effort. La G181256, c'était juste avant les congés de Pâques et Oscar avait demandé qu'on range et qu'on nettoie méticuleusement tout le site en prévision d'une importante visite d'inspection.

— Ah ! mais oui, en effet, maintenant que tu le dis. Luiz est passé à plusieurs reprises à cette époque. Il était chargé de contrôler la propreté de nos cabinets d'expérimentation, où se trouvent les cages des animaux en cours d'étude.

Et effectivement, je pense bien l'avoir vu prendre des souris en main. Mais je connaissais Luiz, il ne faisait rien de bien méchant, les souris étaient toutes calmes. Je me suis même fait la réflexion qu'elles avaient l'air d'aimer ça ! Quant à te dire s'il s'agissait des tiennes ou des souris d'une autre étude, là, mon bon ami, ma mémoire ne…

J'ai raccroché. Pas besoin d'en savoir plus, mais cette affaire me laisse totalement désemparé. Que penser ? Personne, et certainement pas Oscar, ne va croire à cette histoire. Même moi je ne peux me résoudre à savoir ce que je dois en penser.

Sur mon bureau, le répondeur clignote : un appel en absence. Je n'avais pas remarqué. C'est le numéro de la secrétaire du patron, elle a sûrement tenté de me joindre alors que j'étais en ligne avec André. Je rappelle de suite, ça m'obligera au moins à penser à autre chose, histoire de déconnecter pour mieux reprendre méthodiquement ensuite.

— Betty ? C'est moi, Fred ! Tu as essayé de me joindre ?

À l'autre bout du fil, pas de réponse. J'entends comme une respiration, mais personne ne répond.

— Betty ?

— Le patron veut te voir, tout de suite !

Ah, ben voilà ! Justement, j'en parlais, d'Oscar. Je vais pouvoir lui expliquer de vive voix de quoi il en retourne. Et aussi avec la petite technicienne des Développements analytiques qui s'évertue à vouloir ruiner mon étude.

— J'arrive, Betty, j'accours ! Et dis-lui déjà que j'ai de bonnes nouvelles, il m'accueillera peut-être de meilleure humeur que ce matin.

*
* *

Je suis arrêté devant la grille, sur la route à la sortie du site. Dans la loge, c'est toujours mon copain Jeff qui est de garde. Telle une scène qui se répète, il me lance un regard inquiet à travers la petite fenêtre, un doigt pointé sur sa montre, comme pour me demander si la mienne est fichue, ou quelle autre raison pourrait bien me faire quitter le boulot d'aussi bonne heure. Je lui renvoie une moue encore plus déconfite, devant à peine me forcer, et je gonfle puissamment mes joues d'air pour lui signifier que cette bonne raison est à nouveau mon boss.

Il est sur le point de se marrer franchement tandis que je finis de mimer, d'un trait horizontal du pouce sous la gorge, qu'on vient de me trancher la tête. Jeff ravale *in extremis* son gros rire, remonte prestement la petite fenêtre de la loge et me lance un :

— Quoi ça ?

— Viré, dis-je, ils m'ont viré ! Je te fais mes adieux, Jeff

Il me regarde comme un bouledogue triste, sans un mot, totalement scotché par cette info incompréhensible à son entendement.

Je n'ai aucune envie de meubler ce silence pesant avec de vaines explications, juste assez de force pour m'arracher de cet endroit où j'ai usé mes fonds de

176

pantalons durant plus de quinze ans et que je suis forcé de quitter maintenant à jamais, le coffre rempli de quelques caisses d'effets personnels rassemblés à la hâte.

Je coupe court avec une boutade qui cache mal mon écœurement :

— Je t'enverrai une carte postale de la Martinique, c'est promis ! J'ai toujours voulu être moniteur de planche à voile, et s'il leur faut un gardien de site, je te fais signe.

Je termine sur un clin d'œil forcé, alors qu'il a machinalement activé l'ouverture de la grille et, sans demander mon reste, je me retrouve dehors en moins de deux.

La voiture roule lentement sur cette route mille fois empruntée auparavant. Elle n'a pas vraiment besoin de moi pour retrouver le chemin du domicile. Je ne lui serais de toute manière pas d'une grande aide, avec toutes ces pensées qui se bousculent à tort et à travers dans ma tête.

Oscar avait cent bonnes raisons de me licencier ; il a évidemment opté pour la moins courageuse : « Restructuration du département. » Et le voilà débarrassé du projet Alzheimer qui faisait de l'ombre au sien, désencombré d'un rebelle idéaliste – fouineur de première classe dans les magouilles de la R&D –, gratifié d'une économie budgétaire substantielle qui sera certes du meilleur effet dans la balance pour son éventuelle promotion, et doté à présent, aux yeux du nouveau Directeur général, de la carrure d'un homme qui sait diriger les hommes.

J'aurais dû m'en douter, en plus, avec son histoire de soi-disant préparateur que je devais moi-même licencier, il planifiait déjà de démanteler mon équipe.

Mais peu importe la vraie raison, me voici dehors avec plus aucun espoir de résoudre un jour le mystère du dossier G181256.

Maigre consolation, mais j'ai peut-être déjà une petite idée de vengeance. Demain j'appellerai André pour lui demander s'il est d'accord de confesser au patron qu'il y a effectivement eu inversion de cages. Seulement, pas du tout comme Oscar le supposait au départ, mais bien au contraire avec un groupe de souris transgéniques d'une autre étude qui se déroulait au même moment. Et que par conséquent mes souris Alzheimer(+) auraient bel et bien reçu le G181256, et celui-ci s'avère en définitive extrêmement efficace comme traitement curatif de la maladie d'Alzheimer.

André ne risque rien, à quelques années de sa retraite un licenciement coûterait vachement plus à la boîte que de le laisser terminer peinard son dû. Et puis, malgré la rigueur des protocoles et des contrôles internes, nul ne peut empêcher une erreur humaine, et cette dernière ne trouvera en toute vraisemblance jamais de coupable désigné.

Et je vois déjà Oscar jubiler, prévenir illico le nouveau Directeur de la Recherche, convoquer la presse. C'est un impulsif, et voyant poindre son heure de gloire tant attendue, il n'attendra pas les résultats de l'étude de confirmation pour dévoiler un *scoop* d'une telle ampleur. « Notre société G est extrêmement heureuse de pouvoir vous annoncer d'être en très bonne voie d'un remède permettant d'endiguer, voire même de guérir, la maladie d'Alzheimer. »

Ha, ha ! Tout ça pour un pétard mouillé, et Oscar sera finalement viré à son tour, en même temps que l'annonce rectificative au grand public de l'inefficacité du produit miracle.

Me voilà arrivé ! Ma maison et moi allons nous voir beaucoup plus souvent désormais !

Et là de suite, je vais me jeter dans le divan avec un double whisky. Un *single malt* bien tourbé que je me réservais pour les grandes occasions. Si quinze ans à œuvrer dans la même boîte de dingues n'est pas une assez grande occasion, alors je ne la boirai sûrement jamais.

Bordel, pas dans la poche droite ! Comment fais-tu, Fred, pour ne jamais te souvenir où tu as mis ta clé ? Ah, dans la gauche de mon veston, ouf ! J'ai failli la louper, dissimulée qu'elle était dans les plis de ce fichu morceau de papier. Mais qu'est-ce qu'il fout là ce papier !

Je fonce droit sur le meuble-bar au salon et, munis d'un verre et de ma bouteille de collection, je m'affale dans le fauteuil. Je viderai le coffre de ma voiture demain, le moment est mal choisi pour ressasser tous ces vieux souvenirs. Ah, couper mon téléphone portable aussi, au diable les emmerdeurs !

Une première gorgée et je sens la douce chaleur de ce divin breuvage ruisseler délicatement dans l'œsophage et s'épandre à travers tout mon corps. Son lourd parfum aromatique remonte par l'intérieur de ma gorge jusqu'à mes narines. À la deuxième gorgée, c'est une vasodilatation relaxante qui se propage dans tous mes membres jusqu'au cerveau, et une bienfaisante sérénité s'installe peu à peu. Et le mystère du G181256 se brouille encore un peu plus dans mes pensées. Quelle journée, pfff ! Et quel départ lugubre, surtout ! Même personne pour me saluer une dernière fois. Pourtant j'en connaissais du monde, des soi-disant copains. Mais personne, et pas un mot ! Tiens, et ce papier dans ma poche ? Peut-être un mot d'adieu ? Si je lis ça maintenant, je risque en plus de me mettre à chialer. Évidemment la curiosité l'emporte et je refouille la poche de mon veston.

Non, c'est apparemment une vieille coupure de presse. Quelqu'un a dû la glisser furtivement tout à l'heure dans mon veston alors qu'il était accroché au portemanteau, tandis que j'étais affairé à remplir mes caisses. Il y est question d'un personnage en particulier... Luiz ! Mais non ? Sous la petite photo figure un autre nom, mais il s'agit bien de Luiz, aucun doute !

L'homme, expatrié depuis une vingtaine d'années, est accusé par les autorités brésiliennes de charlatanisme au titre fallacieux de guérisseur et chirurgien psychique. Celles-ci ont cependant abandonné toutes poursuites judiciaires au bout de quelques années, en l'absence d'éléments véritablement probants, la plupart des plaignants s'étant rétractés, et personne n'ayant réellement pu réfuter les pouvoirs en question.

Il change de nom régulièrement, se fait appeler différemment à chaque nouvel emploi, et commet habituellement ses méfaits au sein de grosses entreprises pour réclamer ensuite une « rançon » afin de rétablir la vérité. Vérité ?

Mais quelle vérité ?

BON ANNIVERSAIRE

Avec le déclin du soleil à l'horizon s'achevait le troisième jour depuis l'incroyable découverte.

Sans le moindre bruit, la navette aéroportée avait percé d'un point la voûte rougie du crépuscule. Une terre ocre et nue de toute végétation, dos à la chaîne montagneuse, s'étendait vers le Levant jusqu'à perte de vue. Seuls quelques groupes de socles bas et rectangulaires venaient rompre par endroits la monotonie du désert.

Au surplomb des coordonnées d'atterrissage programmées par l'ordre de mission, la navette vira soudain de cap en pointant du nez et, aussitôt prise en charge par le téléguidage des balises souterraines, elle se posa sans douceur sur l'une des plateformes.

« Centre de Coordination des Missions Oméga – Esplanade de l'Administration Sidérale » afficha la console de bord, avant de signaler au pilote qu'il se voyait retrancher douze points de licence pour n'avoir pas respecté la phase obligatoire de décélération.

Suivaient le décompte de ses infractions précédentes et le maigre solde de sa licence actuelle.

— Et zut ! grommela-t-il, en assénant un coup de botte dans le flanc du vidéo. Foutu système. Espérons que Papa accepte d'effacer l'incident. Après tout, c'est bien uniquement pour sa pomme si j'ai dû foncer comme un dératé.

Puis, notant que toutes les esplanades voisines étaient inoccupées, il désenchanta aussitôt. Il fallait évidemment que Papa soit encore là-dessous à l'attendre s'il désirait obtenir la moindre faveur.

Pourquoi avait-il fallu que les Archivistes de l'Ancien Continent s'égarent en de fastidieuses recherches avant de retrouver le dossier ? Un machin tellement vieux qu'aucune des banques-réseau informatiques consultables à distance n'en connaissait même l'existence. D'où sa mission, avait-il fini par comprendre. Et lui d'exhiber vainement son ordre de mission prioritaire à quiconque croisait son chemin.

Si par malheur Papa avait déjà quitté le Centre, on lui en interdirait vraisemblablement l'entrée. Le contrôleur d'accès était un engin incorruptible. Après s'être assuré de son identité, le programme consulte-rait les dernières instructions lui étant destinées et livrerait alors un verdict sans appel : « autorisé » ou « refusé », sans plus.

Toutes les portes du Centre étant gérées par le même système, il risquait fort de rester coincé dehors pour la nuit. Que devait-il faire du colis ?

Mais avant même qu'il n'eût le temps de maudire l'Administration et ses fonctionnaires, le socle d'atterrissage commença à miroiter sous la navette.

Papa était toujours là-dessous !

En quelques secondes, le vaisseau et son contenu eurent traversé l'esplanade liquéfiée qui déjà reprenait sa structure au-dessus du pilote ravi. Répétant successivement les phases de dématérialisation, l'ascenseur d'accès finit par déposer la navette au troisième sous-sol où son occupant troqua sa combinaison de vol pour l'uniforme aseptisé aux couleurs de l'Administration.

À la sortie du sas, il inséra son ordre de mission dans le tableau de bord d'un monosiège et s'installa confortablement dans l'habitacle. Instantanément, un bandeau opaque vint se déposer devant ces yeux, en lui pressant légèrement les tempes, et le véhicule démarra. Quelques instants plus tard, le pilote dormait à poings fermés sur son siège.

*
* *

Dans la salle de conférence du Quartier Présidentiel, la discussion allait bon train lorsque le contrôleur d'entrée annonça l'arrivée d'un véhicule prioritaire. Le plus petit des trois hommes quitta aussitôt le groupe en s'excusant et, après avoir consulté le visiophone mural, il dit :

— C'est Lenny Fischer, de votre Garde Personnelle. Il détient l'enregistrement du Professeur Dawsen. Si Monsieur m'y autorise, je le ramène dans un instant ?

Et tandis qu'il s'avançait vers l'entrée de la salle, la conversation reprit de plus belle.

— [...] trois jours que nous sommes ici, disait l'un, et vous voudriez me faire croire que...

— Mon cher, coupa sèchement l'autre, le fait que vous soyez mandaté des Colonies ne devrait pas vous faire oublier le respect que nous devons à *tous* nos citoyens.

— Mais vous sacrifieriez l'Empire en raison des folies de quelques-uns de ces sujets ! rétorqua le premier avec un rictus outragé.

— En fait de sacrifice, rien ne nous permet aujourd'hui de penser que les intérêts de l'Empire prévalent sur la sécurité des sujets en question.

Ils furent à nouveau interrompus. Un signal sonore prévenait de l'ouverture des portes. Parvenu à l'entrée, le petit homme tourna alternativement son regard vers la salle puis vers le véhicule, enjoignant les deux interlocuteurs à plus de discrétion. Il ne laissa pas plus de temps au pilote pour sortir de sa torpeur et se dégager du siège.

— Ah vous, enfin ! Où étiez-vous passé ?

— Eh bien... euh, voyez-vous... les Archivistes n'avaient pas..., mais surtout (esquivant un pas de côté pour tenter d'apercevoir l'intérieur de la salle), j'aurais voulu parler d'un certain problème personnel à...

— Alors ce dossier, s'interposa le petit homme, vous comptez le garder cent et sept ans ?

Surpris par la sècheresse inhabituelle du haut fonctionnaire, le pilote s'empressa de déverrouiller la fixation sécurisée à la droite de son ceinturon et tendit le paquet d'une main hésitante. La réponse anéantit ses derniers espoirs de défendre sa cause :

— Vous attendrez nos prochaines instructions à la salle E112 du Quartier Administratif. Nous pourrions encore avoir recours à vos services sous peu. Dans l'attente, conclut le petit homme, vous ne m'avez ni vu ni entendu. Exécution !

Sur ces paroles, il tourna les talons et les portes se refermèrent derrière lui.

Après avoir composé le code d'ouverture du colis, il traversa la salle et vint rejoindre le groupe en brandissant un petit cube noir brillant.

— Voilà, dit-il, nous avons finalement pu retrouver le précieux document.

Le plus austère des deux hommes réagit le premier :

— C'est bien, mon cher Xavier, vous êtes décidément un secrétaire plus-que-parfait. Passez-nous donc cet enregistrement.

Et voyant que Xavier saisissait trois structures légères en forme de lunettes opaques, le Président rajouta :

— Non, pas en vision mentale, Xavier, s'il vous plaît ! Je préfère que nous gardions la possibilité d'observer mutuellement nos réactions durant la projection.

Puis, se tournant vers l'homme des Colonies pour appuyer sa décision, il conclut :

— Je n'ai de secrets pour personne. Et en ce qui concerne ma position, nous n'intervenons pas pour l'instant. Au moins cesserons-nous de palabrer.

À peine avait-il gagné son siège qu'au-devant de la salle un rectangle de lumière se découpa sur le mur translucide.

Après le générique pompeux de l'Université Planétaire d'Astronautique, la projection s'obscurcit nettement et devint plus vacillante. Venu le rejoindre dans la pénombre, le petit homme sonda discrètement le regard de son patron pour y déceler une éventuelle marque de désapprobation. Les premières images suffisaient à se faire une opinion sur l'état de vétusté de l'enregistrement.

À l'écran, un vieillard était apparu, de taille peu ordinaire et habillé pour le moins bizarrement. Il se tenait debout sur l'estrade d'un amphithéâtre. Devant lui, un auditoire dans l'ensemble calme et discipliné attendait un signe du maître.

Alors, majestueux, il se mit à parler, d'une voix posée. Tandis qu'à hauteur de son torse venait s'inscrire en surimpression :

«À propos des imperfections astrophysiques. Allocution ex cathedra à l'attention des étudiants du dernier cycle. Exposé de clôture du Professeur B.W. Dawsen», suivi d'un chiffre qui faisait vraisemblablement référence à un ancien mode de datation.

*
* *

« [...] et c'est pour cette raison même, mes chers étudiants, et vous aussi les moins chers, assidûment vautrés aux derniers rangs de mon cours, que je m'en voudrais de ne pas baptiser ce jour du nom de grand pardon. Faisant ainsi allusion à votre titularisation imminente et à l'absolution des rivalités qui nous ont opposés. Vous élèves, moi professeur. Et peut-être me lancerez-vous prochainement du « cher collègue » au détour d'un couloir de l'Institut.

Aujourd'hui, nous oublions tout. Après tant d'années d'efforts et d'abnégation, nous nous arrêtons pour méditer un peu avant d'effectuer le dernier pas décisif. Le passage à la vie professionnelle.

Plus d'équations pleines de chiffres abstraits. Mais l'obligation vitale d'être soi-même l'équation afin de pouvoir prédire à tout moment l'issue d'une situation nouvelle.

Plus de simulateurs divers. De vraies commandes bien réelles sur nos navettes les plus modernes.

Plus de scénario factice ou de plan catastrophe imaginaire. Le dur théâtre des missions quotidiennes.

Vous êtes ce que la planète produit de mieux. Tâchez de l'oublier rapidement. Seule importe la qualité de votre travail futur et votre persévérance à nous représenter dignement. »

Durant une courte pause, il balaya l'assemblée du regard.

« C'est également en raison de ce jour de pardon que la matière du présent exposé ne fera l'objet d'aucune vérification de connaissance à l'examen final.

Oui... ouf ! mademoiselle Durion. Trois fois ouf. Pardon ? Ah ! ce n'était pas vous qui soupiriez d'aise. Peu importe. Que cela ne vous empêche pas de prêter attention, vous tous, aujourd'hui plus que jamais. Et peut-être à la fin de cet exposé mériterai-je vraiment mon sobriquet de vieux fou, tel qu'on le chuchote à chaque interruption de cours.

Car je vais vous parler de folie astrophysique. Ce qu'un minuscule grain de sable peut engendrer comme aberration lorsqu'il s'immisce dans les rouages déjà grinçants de notre conception de l'horlogerie du monde.

Entendons-nous d'abord clairement sur la définition du terme imperfection qui sera celle que j'utiliserai ici.

Votre approche multidisciplinaire de l'Univers vous a déjà permis de percevoir sa nature extrêmement équilibrée. Cet équilibre est, souvenez-vous très schématiquement, la résultante de deux puissants moteurs apparemment opposés. D'une part, la tendance d'un système à rechercher son état énergétique minimal, baptisée entre nous la variation négative d'enthalpie, et, d'autre part, la tendance opposée vers un désordre maximal, vers un plus grand chaos ; deux points, l'entropie.

Il en résulte, par exemple, qu'il vous faut dépenser pas mal d'énergie pour entasser quelques cailloux au sommet d'une montagne, ce qui leur confère accessoirement la force de tomber, tandis que l'Univers ne les rangera jamais spontanément en bas par petits paquets de douze. Son désordre ou chaos irréversible n'en est pas moins constructif à de multiples égards.

Bref, l'équilibre d'un instant est dès lors l'état du meilleur compromis entre ces deux moteurs. Peu importe d'ailleurs qu'il y ait réellement équilibre plutôt que non-équilibre, ou toute transition dynamique de l'un à l'autre. Le moteur est le même pour l'amour et la haine.

Par contre, nous pourrons qualifier d'imperfection tout état d'un système qui serait définitivement figé en dehors de l'équilibre ou du non-équilibre des deux tendances, si minime le décalage soit-il.

Autant vous avouer d'emblée que je n'ai aucun exemple concret à vous présenter, et que si la possibilité existe, il ne doit pas être évident de la dépister. Pas d'imperfections à l'horizon, l'Univers est *parfait*. À moins que... ? Vous connaissez beaucoup de choses *parfaites*, vous, mademoiselle Durion ?

Deuxième point. En quoi une hypothétique imperfection si bien dissimulée pourrait-elle inquiéter notre grand Univers en équilibre ? Mais pour la bonne et simple raison qu'il est en équilibre. Tout dépend de tout.

Prenez un verre d'eau et observez l'équilibre qui s'installe entre le liquide et sa vapeur. Celui-ci n'est que le reflet de l'équilibre dynamique entre les molécules à l'état liquide et celles à l'état vapeur, lui-même étant extrêmement sensible à l'équilibre des conditions extérieures telles que pression et température. Modifiez un tant soit peu ces conditions et l'équilibre évolue instantanément, de l'infiniment petit jusqu'au niveau visible. L'eau s'évapore plus vite si vous chauffez le verre. Et cet équilibre est également celui qui régit l'évaporation des océans en nuages et la précipitation de ces derniers en pluie.

Du niveau le plus élémentaire, subatomique même, toute variation de l'équilibre initial engendrée par une modification de l'équilibre extérieur se propage inévitablement jusqu'au niveau macroscopique.

De plus, en raison du chaos dynamique, les petites causes ont souvent de grands effets. Empêchons l'eau de s'évaporer et nous supprimons en conséquence la pluie, et des déserts ne manqueront pas d'apparaître par endroits. Tout est lié. L'équilibre de l'un conditionne inévitablement l'équilibre du tout. Que cela soit pour la pluie et le beau temps, le chaud et le froid, le bien et le mal... la vie et la mort ! Si dès lors une imperfection existe, elle doit nécessairement altérer une parcelle de l'équilibre voisin.

L'information passe bien, soyez rassurés. La gazette de l'Univers est le toutes-boîtes le mieux distribué. Vous voulez des exemples ?

La simple loi d'attraction des masses implique que tout objet *connaisse* la distance qui le sépare d'un autre. Qui *informe* les planètes de leur éloignement mutuel afin qu'elles s'attirent avec une force inversement proportionnelle à leur distance ?

Et la désintégration radioactive ? Pour un atome pris individuellement, impossible de prédire à quel moment il vous enverra son rayonnement au visage. Mais pour l'ensemble des mêmes atomes, le temps de désintégration est une constante infiniment précise. Comment chaque atome peut-il *savoir* ce que fait son voisin, aussi éloigné de lui soit-il, pour ajuster son comportement au groupe ?

Une seule explication possible, l'Univers a des yeux et des oreilles partout !

De l'élémentaire au macroscopique jusqu'à l'infiniment grand, tout est lié, câblé d'un réseau discret, mais efficace de mouchards. Des champs virtuels préexistants, des cordes... ? Peu importe, tout est bon quand on ne sait pas. Mais ne croyez pas pouvoir escamoter une imperfection à la vigilance du grand tout.

Tertio donc, imaginons de quelle manière cette imperfection pourrait venir au monde.

J'ai été amené à vous montrer par le passé que si la fuite des galaxies et leur dilution progressive dans l'obscurité du ciel impliquaient nécessairement que l'Univers soit infini, ce dernier ne pouvait plus en conséquence être de toute éternité. Limité dans le temps à son commencement, l'Univers prend son origine d'une singularité rassemblant le tout et le toujours.

Je vous ai fait écouter le rayonnement fossile, premier vagissement depuis lors refroidi de la mise bas de l'Univers, quelque temps après le big-bang et peu avant l'expansion.

Vous vous souviendrez également, et ceci serait pour le moins utile le jour de votre examen final, de la fameuse démonstration pulsative élaborée par mon confrère prédécesseur. La densité globale dépassant le seuil critique, l'Univers est obligatoirement fermé, bien qu'infini, et son contenu espace-temps-matière-énergie est inexorablement voué au ballet d'une contraction, suivie d'un big-bang et d'une expansion, suivie d'une contraction... Un cœur qui bat, l'indispensable irréversibilité du temps ?

Une, deux, hop..., une, deux, hop..., ...

Anecdotique ? Nous allons voir ! Focalisons un instant notre attention sur la fin d'une phase de contraction. De nombreuses galaxies ont déjà été condensées et malaxées en une infâme bouillie qui attire de plus belle.

De tous les points de l'espace affluent de nouveaux hôtes venant nourrir l'aspirateur insatiable. On se bouscule un peu, on se presse. Tout le monde veut être de la partie. Vous pensez ! Cela n'arrive pas tous les jours.

Et plus il y en a, plus courbe devient l'horizon. Les étoiles fusionnent, tout se resserre. Même les fermions, qui habituellement répugnent à se regrouper. Le vide autrefois indispensable est devenu gênant. Qu'à cela ne tienne, on le comble. Sans hiérarchie ni protocole. Il fait trop chaud d'ailleurs pour faire des manières. Température et densité augmentent de pair. Bientôt la lumière elle-même ne pourra plus s'échapper du piège. L'Univers prend place dans une boîte d'allumettes opaque.

Le rythme s'accélère. Les particules élémentaires n'existent plus, les forces sont unifiées, les dimensions abolies. Tout perd son sens.

Nous approchons de l'instant critique de l'inversion. Instant ? Même le compteur du temps se trouve bloqué. Le temps de quoi ? Plus rien..., avant que l'on démarre à nouveau. Non, stop ! Il y a un retardataire, attendez !

Trop tard. La soupe originelle du futur Univers repart en marche avant alors qu'elle était incomplète. Et voici notre imperfection. Une parcelle de l'entité fondamentale n'a pu rejoindre le bercail. Et la folie expansionniste, la formidable accélération repartant à la conquête du néant, englobe le traînard dans une bulle insensible au grand équilibre extérieur qui reprend son envol.

Au-dehors se livre déjà le combat de la genèse. Madame gravitation s'en va la première. Pardonnons-lui, elle est assez lente et devra être en place pour gouverner les galaxies. Les autres forces la suivent de près. Bientôt naîtront les bienheureuses particules. Après une brève lutte, la matière l'emportera sur l'antimatière. Ou cette fois-ci l'inverse ?

Lorsqu'enfin la soupe tiédie ne peut retenir la lumière plus longtemps, le rideau opaque se soulève et l'Univers redevient visible.

Pour la bulle, rien de tout cela. Quand on n'est pas la bombe, on ne peut être que la victime. Qu'y a-t-il à l'intérieur de l'aberration ponctuelle emportée dans le sein d'une future galaxie en fuite ? Un peu de la singularité originelle ? Que manque-t-il dehors ? Certainement une portion d'équilibre et de non-équilibre dont devra se passer l'Univers pendant un *round* complet. Un peu du grand tout, et le grand tout sait tout.

L'astre le plus proche est certainement le plus affecté. Proximité oblige, en accord avec les lois physiques, l'information transmise est d'autant plus puissante que la distance est faible. Oui, mais quoi ? Que manque-t-il sur les planètes aux alentours de l'exclu ?

La vapeur d'eau condensée au sol pleut-elle vers le haut, dans un ciel parsemé d'océans ? Se pourrait-il que le caillou qui dévale la montagne s'arrête au milieu de sa course avant d'atteindre la vallée ? Y a-t-il simplement une petite montagne en moins ou un œil en plus pour tout le monde ? Quelques briques manquantes dans la villa du Recteur de l'Université ou un peu moins de la force qui les attire entre elles ? Ah oui, mademoiselle Durion, pas de professeur d'astrophysique ? Et pourquoi pas moins d'étudiants dissipés ?

N'oublions pas que même si le système sous influence est susceptible de donner le change en apparence, il n'en demeure pas moins incomplet. *Imparfait.*

Le fait de retirer une carte d'un jeu n'empêche pas de commencer la partie. Mais tôt ou tard *l'imperfection* se répercute.

Moins d'équilibre et de non-équilibre entre l'eau et sa vapeur, entre le chaud et le froid, le bien et le mal, la vie... et la mort ! Que nous importe finalement qu'il y ait plus de bandits et moins de philanthropes ! Nous ne jouons plus avec cinquante-deux cartes.

Et voilà ! Nul ne peut prévoir en quoi un système planétaire proche d'une imperfection ponctuelle pourrait être différent d'un autre. Comme nul ne peut démontrer que de telles aberrations existent.

Toutes nos théories scientifiques ne sont finalement que des modèles probables en attente d'être invalidés par de nouveaux modèles un tout petit peu plus probables. Il va par conséquent falloir que vous me démontriez que j'ai tort, et non moi que j'ai raison. Ce qui, pour l'exercice, ne peut qu'aiguiser votre esprit critique. Atout complémentaire pour votre réussite à l'examen final.

Autre atout, vos connaissances ! Et avant de nous quitter, je ne puis que très sincèrement vous conseiller de revoir à fond les maigres notions d'astrophysique que j'espère être parvenu à vous inculquer ces cinq dernières années, ceci avant la petite formalité qui devrait faire de vous... »

— Voilà, Monsieur, intervint le secrétaire en se tournant vers le Président. Je vous propose d'interrompre ici ce document. La suite, selon les Archivistes, ne présenterait qu'un intérêt mineur dans le cas qui nous préoccupe.

Il s'en suivit plusieurs longues secondes d'un silence pesant. Personne n'avait quitté son siège. En bon secrétaire, Xavier trouva opportun de relancer la discussion.

— Il est naturellement aisé de critiquer à la lumière de nos connaissances actuelles. Mais il semblerait que, mis à part cet exposé, le Pr B.W. Dawsen fut pour l'époque une sommité peu controversée ainsi qu'une référence en matière d'astrophysique...

— Et un vieux fou, renchérit l'homme des Colonies. Pensez donc, une villa en moins ou une brique en plus au milieu du front ! Et ne prenez pas la peine de noircir le personnage, rien que sa statue me fait froid dans le dos.

— Sa stature, rectifia Xavier en sourdine.

L'homme des Colonies poursuivi d'un ton de plus en plus irrité, gesticulant des bras dans la direction du Président.

— Bravo, belle manœuvre ! C'est une habile manipulation de votre part que de présenter un débile illuminé comme seul élément du dossier, ceci pour mieux justifier plus tard votre non-interventionnisme. Vous savez également que le Haut Conseil refusera catégoriquement d'intervenir. La pression sociale est trop grande. Nous devons prendre une décision dès maintenant, en comité restreint, et agir rapidement avant que l'affaire ne s'ébruite. Au nom des Colonies que je représente, j'exige que vous preniez des mesures immédiates pour...

— Calmez-vous, je vous en prie, coupa Xavier. C'est réellement l'unique document que nous possédons. Nos recherches étaient discrètes, intentionnellement, mais j'affirme qu'elles sont exhaustives.

Son patron n'avait toujours pas sourcillé. Sur le mur d'en face, le rectangle de lumière s'était totalement estompé et la structure vitrée laissait transparaître la lisière des jardins du Centre. Une brise légère venait par instant agiter le sommeil des premiers arbres. Mais les yeux du Président n'avaient pas quitté l'écran et semblaient vouloir percer la nuit tout entière.

— Oui, dit-il finalement. Un œil ou une brique..., tout est lié.

Son regard monta imperceptiblement de quelques centimètres et se fixa sur l'emblème constellé d'étoiles du Centre de Coordination Oméga.

— Peut-être avez-vous raison, tout est lié. Nous ne pourrions dès lors courir le moindre risque.

*
* *

Expéditeur   Vaisseau Oméga L6
                  Mission DW-SL/1354 stade 6.1.4.1.
                  Compte-date : 10 763 kilopériodes

Destinataire   Coordination Centrale Expéditions
                  Oméga
                  À l'attention PH grade 012
                  Code d'accès : protocole *nul*

Message   Décélération dans quadrant cible,
                  en attente instructions aux coordon-
                  nées 256:24:68
                  Monitorage activé pour système
                  planétaire visé.
                  Résumé du rapport annexé : receveur
                  T1000 en position 3 à probabilité si-
                  gnificative p=0,9976
                  Alors, gros lard ! Pas encore en
                  vacances ?
                  Grosses bises à Papa

Peter Hayeston dodelina plusieurs fois de la tête en contenant avec peine son hilarité. PH grade 012, c'était lui, et les messages qui lui étaient destinés parvenaient tout naturellement à sa console de bureau.

Ce message-ci n'avait aucunement besoin d'être signé. C'était Dirk ! Le commandant Dirk Wagner, maître à bord de l'Oméga L6, et sa compagne le sous-lieutenant Shoran Lake. Il n'y avait que lui pour oser contrevenir à la rigidité protocolaire de communication avec la base, tout en ayant le grand chic de ne pas risquer la moindre réprimande.

« Je serai pour vous tel un père... », avait clamé très (trop) solennellement le Président lors de son discours d'investiture. Les citoyens en avaient ri un bon coup et le surnommaient depuis Papa. Mais rares étaient ceux qui se permettaient de l'écrire dans un message officiel.

Ah, ces deux-là ! songea Peter. Cela ne devait pas être triste tous les jours là-haut dans les étoiles. Et il pensait déjà à leur retour, et aux innombrables farces à l'attention de Shoran que Dirk aurait à confesser. Vingt et un an déjà qu'il les avait vus arriver au Centre. Et puis... Et puis tant pis ! Il aurait dû les accompagner.

Mais la situation était tout autre à l'époque. Tandis qu'aujourd'hui, ce n'était pas folichon tous les jours de rester au sol. Le Centre de Coordination des Expéditions Oméga n'était pas à proprement parler un îlot paradisiaque de villégiature. Ou plutôt, ne l'était plus.

Comme si progressivement l'on avait épuré à dessein la base de tous les rigolos pour les envoyer dans l'espace, où ils pouvaient gesticuler à l'aise. Et surtout, sans qu'on ne les remarque trop !

Alors qu'au bon vieux temps de ses débuts... Cette section expérimentale intergalactique, il l'avait vue naître, grandir, faire ses premières maladies, se rétablir en perdant quelques plumes et croître de plus belle, en lui faisant perdre les siennes ! Et il était toujours là, fidèle au poste. Pas vraiment au poste qu'il estimait avoir mérité, mais qu'importe. Il n'avait plus l'âge de combattre les carriéristes.

Et des bruits de couloir récents lui laissaient présager une fin de carrière plutôt honorifique. On parlait même de la possibilité d'une entrevue imminente avec un bras-long du Quartier Administratif. Peut-être même le Sous-Secrétaire en personne. Qui sait ? Un grade 011, ou même mieux... un 010 ? De quoi faire mousser les collègues. Mais chut, silence, motus. Peter, superstitieux, découpait en fines rondelles quiconque osait parler de promotion.

Pour l'heure, il suffisait de s'occuper un maximum l'esprit avec le travail de routine en redoublant de vigilance pour éviter d'être impliqué inopinément dans une malencontreuse bavure. Shoran et Dirk venaient d'épingler une belle prise en tout cas ! Cette planète avec une probabilité supérieure à 0,99 méritait toute son attention.

C'est dans cet état d'esprit quelque peu fébrile que Peter Hayeston entreprit la réanalyse du rapport sur le système planétaire visé par Oméga L6, ainsi que la vérification statistique de la probabilité associée au receveur T1000 en position 3. Une énième microportion de l'Univers à passer au peigne fin.

*
* *

Shoran, assise devant le miroir de sa salle de bain personnelle, tentait désespérément de remettre en place une mèche rebelle sur son front, lorsque Dirk pénétra comme un boulet dans la pièce.

— Sais-tu quel jour nous sommes ?

— Tu pourrais frapper avant d'entrer, rétorqua Shoran.

Il se glissa entre elle et la glace pour lui masquer la vue.

— Je te demande quel jour on est.

— Ta question repose vraisemblablement sur une nouvelle idée saugrenue, mais si dans le cas contraire c'est uniquement le compte-date que tu cherches, je te signale qu'il est dans ton dos et qu'il suffit de...

— Oui, 16 972 kilopériodes depuis notre départ, je sais lire. (Dirk s'impatientait.) Je te demande uniquement, en jours planétaires, la date actuelle et ce que celle-ci pourrait éveiller dans ta mémoire ?

— Cela signifie pour moi 16 972 fois mille rotations de notre vaisseau Oméga autour de son axe pour maintenir une pseudogravité artificielle à l'intérieur. (Le ton enjoué de Shoran devint soudain plus maussade.) Et cela commence à m'inquiéter. Le Centre de Coordination aurait déjà dû fournir depuis longtemps une réponse à notre rapport.

— Le temps vous semble long en ma compagnie, mademoiselle Lake ? Mademoiselle Lake désire peut-être rentrer seule en m'abandonnant, pourquoi pas, au fin fond d'une galaxie inhospitalière ?

— Aah ! inespérée ta proposition. J'avale consciencieusement mes gélules contre le mal de l'espace, mais j'ai eu beau fouiller la pharmacie, je n'ai pas trouvé les anti-Dirk !

Le commandant Wagner esquiva le sujet, et réattaqua plus calmement.

— Écoute, Shoran, notre probabilité dépasse le seuil des 0,99. Nous sommes sur un gros coup et il est tout à fait normal que la base prenne son temps pour éplucher nos tests préliminaires. Par ailleurs, tu n'as toujours pas répondu à ma question.

— Quelle question ?

— Apprends, chère amie, que l'étoile, astre central de notre système planétaire, s'est levée, il y a quelques instants à peine, pour la trente-sixième fois depuis le début de l'année sur la ligne d'horizon de notre bonne ville natale. Dirk marqua une pause.

— Et qu'il se fait, par le plus grand des hasards, que cette ville a également vu naître à cette date...

— Oh flûte ! s'exclama Shoran, c'est l'anniversaire de Peter !

— Ah, voilà qui est mieux. Et peux-tu me dire ce que l'on fait habituellement pour célébrer l'anniversaire d'une personne qui nous est chère ?

— Et peux-tu me dire, petit malin, ce que nous pouvons faire lorsque nous nous trouvons à plus d'un millier d'années-lumière du premier magasin de banlieue ?

— Ce que j'ai fait, sourit Dirk d'un air triomphant.

— Quoi, ce que tu as fait ? Tu avais prévu le coup avant notre départ ?

Dirk était aux anges.

— Non, non ! J'ai tout réglé à partir du vaisseau.

— Écoute, mon gaillard, de toutes les roches que nous avons analysées sur les planètes environnantes, il n'y en a aucune qui mérite de terminer sur les étagères de la collection de Peter. De plus, nous n'avons pas rencontré la moindre bestiole, ce qui exclut les cadeaux vitrifiés ou empaillés.

— Cela commence par un C.

— Dirk, s'il te plaît ? Veux-tu cesser de me parler par énigmes !

Prenant son temps pour prolonger le suspens, le commandant Wagner s'enfonça confortablement dans un siège et dit :

— J'ai balancé une capsule sur la planète T1000.

Shoran faillit suffoquer d'étonnement. Elle prit plusieurs secondes à gesticuler nerveusement avant de pouvoir balbutier quelques mots.

— Co... co... comment ? Mais tu es cinglé !

— Oh que oui ! Mais tu devrais savoir que cela ne date pas d'aujourd'hui.

— Mais tu sais bien qu'un tir de capsule est formellement interdit sans l'accord de la base, et contresigné par Papa, qui plus est.

— Écoute, Shoran, une toute petite capsule de rien du tout. Et pour une fois que nous tenons un receveur doté d'une telle probabilité. C'était juste pour marquer l'événement.

Peter sera certainement ravi en l'apprenant. Et avant la fin des 6 000 périodes de la journée, nous aurons reçu l'ordre formel de larguer toute notre cargaison de cellules sur T1000. Demain, au plus tard !

Shoran se leva avec difficulté.

— Je l'espère pour toi, Commandant ! Car s'il en était autrement, nous serions tous deux dans de beaux draps.

Ce fut le point final de leur conversation. Shoran quitta brusquement la pièce, laissant seul, l'air perplexe devant le miroir, le commandant de bord de l'Oméga L6.

*
* *

La vie devait exister ailleurs que chez eux.

Si, jusqu'à ce jour, personne n'était venu leur rendre visite, cela signifiait simplement que, soit il n'y avait pour l'instant aucune civilisation capable de le faire ou, soit, on ne les avait pas encore trouvés.

Qu'importe. Ils allaient partir, eux.

Les analyses probabilistes montraient clairement que la vie pouvait exister ailleurs. Et les chances étaient loin d'être nulles qu'il y ait, en plus, coïncidence temporelle.

On s'attaqua tout d'abord aux satellites naturels les plus proches, puis aux planètes, puis à d'autres systèmes planétaires.

Il y eut pas mal de problèmes, mais on trouva des solutions. La découverte des canaux de matière non nucléaire, imperceptibles et pourtant d'une densité immense, dissipa les dernières limitations des voyages intergalactiques. Parcourir en ligne droite l'espace-temps courbe à des vitesses supraluminiques devint la routine quotidienne des nouveaux colons.

S'écartant peu à peu de la planète d'origine et investiguant tout ce qui pouvait tourner autour d'une étoile et ressemblait de près ou de loin à une planète compatible avec la vie, ils durent pourtant se résoudre à adopter une attitude plus circonspecte.

Ah oui ! La vie existait bien, ailleurs que chez eux. Mais pas ce qu'ils imaginaient.

Bien sûr, certaines pièces du puzzle moléculaire complexe qui les composait se retrouvaient autre part. Mais jamais assemblées au même degré de complexité !

Nulle part ils n'avaient trouvé leurs semblables. Aussi beaux, aussi fort. Aussi intelligents ! Tout ce que, par fausse modestie, ils n'osaient plus répéter depuis longtemps se trouvait écrit noir sur blanc dans le ciel depuis toujours.

Ils étaient seuls. *Supérieurs.*

Un fardeau bien plus lourd à porter qu'ils ne l'auraient cru, en fait. Personne à aimer, personne à combattre. Ou si peu. Rien que des proto-insectes, ébauches d'animaux, quelques monstres !

Hier c'était la conquête, aujourd'hui la conquête, demain ce serait la conquête. De quoi ? Sans idéal et sans ambition, l'Empire s'étendait jour après jour inexorablement jusqu'aux confins de l'Univers.

On crut un instant que la colonisation des Mondes Extérieurs ramènerait l'enthousiasme du neuf et la fraîcheur de l'aventure.

Mais il fallait se rendre à l'évidence. Coloniser des planètes inhabitées ne changeait rien. Leur race était génétiquement essoufflée, vieillie.

Ils allaient dépérir lorsqu'Herbert leur proposa l'immortalité.

Herbert, le douzième Président du nom, dont la renommée gomma de tous les manuels d'histoire ses onze prédécesseurs. Et relégua par la même occasion le rôle de l'Empereur à celui de respectable détenteur par hérédité d'un pouvoir honorifique. Accessoirement, de tous les Présidents se partageant alors les différentes fonctions de l'Empire, celui de l'Administration Sidérale devint par la force des choses Le Président absolu. Si bien que de nos jours, en dépit du maintien par tradition de l'Empereur, il ne se trouvait personne pour s'étonner que l'Empire fût gouverné par un Président, maître suprême de toutes les Administrations.

L'idée d'immortalité d'Herbert n'était évidemment pas destinée aux individus. Cela n'eût intéressé personne de prolonger éternellement une existence monotone.

Non ! Aucun sursis pour eux, mais en revanche l'immortalité de l'espèce.

Et ainsi naquirent les missions Oméga. La dernière chance ! D'abord au laboratoire, puis dans l'espace.

Et ainsi jaillit l'étincelle d'intérêt, la nouvelle raison de vivre au-delà de soi-même. D'espérer par-delà la mort physique.

Ils en avaient oublié même jusqu'au plaisir que l'on éprouve à retrousser ses manches et à suer de grosses gouttes sur un problème apparemment insoluble.

Et ils en suèrent des océans, ces vieillards de l'espace, lorsqu'ils se mirent à vouloir ressusciter leurs arrière-arrière...-arrière-grands-parents. Enfanter une descendance antérieure. Remonter aux fondations de la vie, et même avant !

C'était cela, l'idée géniale d'Herbert. Les cultures cellulaires à grande échelle. Simple et génial, il suffisait de transposer dans le gigantesque.

Le tube à essai contenant les cellules programmées était une capsule-missile transportée par un navire de l'espace Oméga : l'ensemenceur. Et ces vaisseaux sillonnaient l'Univers à la recherche des mères porteuses les plus fécondes : les planètes dites receveurs. L'équipement analytique de bord était en mesure de déterminer la probabilité de réussite. À chaque fois qu'un optimum était détecté, on vidait le contenu du premier sur le deuxième et le temps faisait le reste.

L'encodage génétique des différentes souches avait bien entendu été particulièrement soigné. Le message contenu dans les cellules initiales d'un monde inhabité devait être capable de reproduire la crois-sance de la première algue, l'extinction des espèces vouées à l'échec, l'éclosion de l'intelligence.

Autant que possible, ils visitaient de temps à autre leurs receveurs afin d'inventorier les états d'évolution. Avec suffisamment de discrétion que pour ne pas perturber la marche naturelle du système, et juste ce qu'il faut de présence invisible que pour préparer leurs descendants à l'idée probable d'un Univers habité.

Eux, les géniteurs, auraient peut-être même dispa-ru au moment où ces nouveaux êtres découvriraient la douleur et l'émerveillement, l'échec et le bonheur.

Mais qu'importe ? La continuité était assurée.

Et peut-être qu'un jour, au hasard d'un voyage plus chanceux, ils rencontreraient enfin une autre civilisation à leur image.

En attendant, une chose était certaine. Si de leurs incubations multiples n'aboutissaient que *deux* cultures au stade d'êtres intelligents, elles finiraient inévitablement par se rencontrer. Il était également certain qu'ils se reconnaîtraient, même si des adaptations spécifiques à la diversité des mondes ensemencés les avaient dotés d'apparences physiques légèrement différentes.

De la confrontation naîtrait le sentiment d'appartenance à l'espèce commune de leurs pères et disparaîtraient en une poignée de main les millénaires de solitude.

Il fallait donc ensemencer.

Ensemencer loin, partout et pour toujours.

*
* *

Expéditeur	Coordination Centrale Expéditions Oméga PH grade 012 Compte-date : 27 950 kilopériodes
Destinataire	Vaisseau Oméga L6 Mission DW-SL/1354 stade 6.1.4.1. Code d'accès : protocole *rouge*
Message	Probabilité correcte pour receveur T1000 en position 3 (belle prise les enfants !) Instabilité système planétaire visé due à erreur probable au cours des mesures préliminaires. Vérification complète analyse densitométrique exigée. Amarrage absolu aux coordonnées 256:24:68

Shoran paraissait songeuse.

— Tu dois bien admettre que l'analyse densitométrique de répartition du système dénote une anomalie, non ?

Dirk relut attentivement le message pour la troisième fois.

— Voilà ! directement les grands mots. Je nous dégote un receveur idyllique au fin fond d'une galaxie perdue et toi..., toi tu ne parles que d'analyse densitométrique.

Shoran eut envie de lui répondre qu'elle s'en fichait de l'analyse machin (ce n'était pas vrai), que ce n'était pas elle qui exigeait une vérification, mais leur ami Peter de la base, qui n'avait pas la réputation d'être un imbécile. Mais la journée était sur le point de s'achever et elle se sentait trop fatiguée que pour prolonger la discussion avec un interlocuteur d'aussi mauvaise foi.

Elle fit trois pas en arrière, prit place devant le clavier de contrôle et tripota quelques touches, puis d'autres, effleura du regard l'écran à divers endroits. Une fois de plus, elle prit conscience qu'elle ne pouvait se résoudre à utiliser les commandes vocales avec une machine. Même Zan, le contrôleur biotronique du vaisseau – comme si les ordinateurs devaient porter un prénom, en plus ! –, n'était à ses yeux qu'un vulgaire assemblage de circuits.

Soudain son visage s'illumina :

— Regarde, dit-elle triomphalement en montrant l'écran, un point noir, là !

— Oh ! oui, qu'il est beau, fit Dirk en s'approchant jusqu'à coller son nez dessus. Demande un zoom avant, et tu verras que ton point a six pattes et des ailes. À moins que cette mouche ne soit déjà en train de te grignoter le cerveau ?

Le regard de glace du sous-lieutenant Shoran Lake lui fit comprendre qu'il venait d'atteindre son seuil limite de tolérance.

— Bon, renchérit Dirk illico, sans toutefois montrer une conviction inconditionnelle. Respectons les idées de tout le monde pour maintenir la paix à bord et admettons, un seul instant, que ce point ne soit pas une tache sur l'écran. Mais alors, qu'est-ce ?

Évidemment que ce n'était pas une tache. Mais qu'est-ce que cela pouvait bien lui fiche à lui, le commandant d'un Oméga ensemenceur. Il pouvait très bien plier bagage et trouver mieux ailleurs sans se torturer la cervelle pour un point noir.

Mais Shoran ne l'entendait pas de la même manière.

— Que veux-tu que je te dise ? C'est toi le scientifique de l'équipe après tout, laissa-t-elle siffler entre les dents. Adoptons une démarche classique d'examen critique, balançons l'éventail de nos équipements d'analyse sur ce foutu point et... voyons !

Le mot *scientifique* ajouté au sourire espiègle de Shoran l'avait piqué au vif. Elle le connaissait bien, cette petite finaude. Et Dirk savait qu'elle le connaissait.

Et malgré tout, à chaque fois il se faisait piéger comme un débutant.

Elle voulait connaître la nature de l'anomalie densitométrique ; ils ne dormiraient plus jusqu'à ce qu'elle sache. Sans trop de difficultés d'ailleurs, puisque par définition un véritable *scientifique* n'aurait pu fermer l'œil de la nuit tant qu'il lui restait un-problème-irrésolu-sans-étiquette-à-coller-dessus.

Dirk passa le restant de la soirée à reprogrammer Zan afin qu'il exécute au seuil maximum de sensibilité les tests qualitatifs et quantitatifs usuels.

Shoran, de son côté, à la recherche d'un cas similaire, compulsait sans relâche les diverses banques de données et l'historique des cahiers de bords de toutes les expéditions Oméga.

Lorsque le compteur journalier afficha 4 154 périodes, ils se retrouvèrent pour le dernier repas autour de la table de la salle de détente, face à face sans un mot, les yeux fatigués par un travail visuel soutenu et les membres endoloris par le manque d'exercice physique.

Dirk avait abandonné son air supérieur. Il s'était pris au jeu, et se retrouvait perdant. Et le silence de Shoran en disait long sur l'aboutissement de ses recherches personnelles.

Ils restèrent ainsi plusieurs longues périodes à contempler d'un air absent les murs de la pièce et leur repas refroidi.

Dirk rompit le premier le silence :

— Voilà, je crois que j'ai trouvé (mais son demi-sourire sentait la comédie). Si tu fermes les yeux, le point disparaît. Il me semble donc que cette anomalie ponctuelle ne peut provenir que d'un défaut visuel, voire d'une hallucination collective. Qu'aurions-nous pu avoir mangé qui... ?

— Je vois que tu as progressé autant que moi, soupira Shoran. Un trou noir ?

— J'aimerais bien, mais non ! Quoique cela paraisse en avoir certaines caractéristiques. Je dirais que... euh, enfin, ce serait comme si extérieurement ce point n'existait pas !

— Mais Zan l'a vu, lui. Écoute, Dirk, lança Shoran d'un ton agacé, pour une fois essaye d'être clair et concis. Explique-moi calmement et au moyen d'un vocabulaire précis ce que tu as découvert.

Il s'adossa profondément et fixa du regard la pointe de ses pieds.

— Rien. Mais alors ce qui s'appelle rien de rien ! Un minuscule point isolé dans l'espace et qui semble ne pas en faire partie.

En fait, Zan n'a repéré ce point que par déduction différentielle par rapport aux résultats périphériques, car cette chose est opaque à ses mesures. Il s'agirait d'une masse tellement gigantesque qu'elle est inquantifiable, et ramassée en un point si petit que j'ai dû porter l'holocaméra à son seuil maximal de résolution pour le localiser avec exactitude.

Et il reste là, immobile, à moins d'un parsec de notre foutu receveur, et positionné exactement dans le prolongement latéral de son orbite, à l'opposé du périhélie. Il faut abandonner, on ne trouvera rien de plus.

— L'explication trou noir est donc parfaitement plausible, conclut Shoran. La densité est telle que même la lumière ne peut s'en échapper. Tu vois qu'il suffit parfois d'expliquer calmement son problème à un être compréhensif pour remettre de l'ordre dans ses idées.

— Peut-être as-tu raison, je ne sais plus moi ! Mais en tout cas, mis à part la lumière, c'est tout ce qu'il attire. Aucun des astres ou satellites naturels à proximité ne semble être influencé par la présence de cette crotte de mouche. De plus, notre dateur affiche systématiquement un message d'erreur lorsque je tente d'estimer son passé. Ce bidule doit traîner là depuis au moins le commencement du monde.

— De quoi ? interrompit Shoran.

— Depuis le commencement du monde, ma biche ! Mais malgré ton grand âge, cela m'étonnerait que tu t'en souviennes.

Shoran, en proie à une soudaine effervescence, insista à nouveau.

— Veux-tu me répéter encore une fois ce que tu viens de me dire ?

— Ma biche ? fit Dirk amusé.

Elle s'était mise debout et faisait les cent pas.

— Écoute, commandant Wagner, je ne perçois pas encore clairement pourquoi, mais j'ai comme l'intuition que nous tenons une piste. Bon sang, cela te rappelle quoi, le commencement du monde ?

— Le jour où je t'ai rencontrée, ou le... ? Et à l'instant même où il achevait sa pensée, il se frappa le front avec la paume de la main et posa sur Shoran un regard médusé.

Non ! ce n'est pas vrai ? Détrompe-moi ! Tu ne fais tout de même pas allusion à cette histoire de vieux fou ? D'accord, chérie, je t'ai un peu bousculée hier avec mes taquineries, mais ce n'est pas une raison pour te payer ma tête maintenant.

— Je te rappelle, intervint Shoran, que c'est toi-même qui m'as raconté cette histoire sûrement une bonne dizaine de fois depuis que...

— ... depuis que patati et patata. Mais enfin, Shoran, tu viens de le dire. Ce n'est qu'une histoire, un fatras de sornettes. Comme toutes celles que me contait mon grand-père. Je n'étais moi-même qu'un gamin à l'époque. Tu penses si j'ai dû en retenir grand-chose, voire même en réinventer la plus grosse partie.

Tout ce dont je me souviens avec certitude, c'est que le savant illuminé qui avait imaginé un monde sous influence d'une imperfection ponctuelle avait une taille tout à fait hors du commun ! J'étais mort de frousse à chaque fois que mon grand-père me le décrivait. Un non muté, tu t'imagines ? Aussi, que les personnages avaient trois yeux, ou quatre ? Je pense qu'il rajoutait un œil de temps à autre pour relancer l'effet dramatique. Pour le reste, je n'ai jamais retrouvé depuis lors le moindre indice démontrant qu'il ne s'agissait pas d'un conte imaginé de toutes pièces.

— Vous oubliez, commandant, qu'il y eut un sérieux vent de panique dans ta famille lorsque l'on s'aperçut, peu après sa mort, que les récits de ton archiviste de grand-père étaient copieusement inspirés des archives historiques préEmpire. Des dossiers poussiéreux et oubliés de tous, j'admets. Mais classés confidentiels. On a donc prié discrète-ment le petit-fils de tout oublier sur-le-champ, ce qui explique d'ailleurs que tu t'en souviennes aussi bien aujourd'hui. Et je ne pense pas que le fait d'avoir une taille très différente de la nôtre, aussi primitif que cela puisse paraître de nos jours, enlève une quel-conque crédibilité à une théorie plausible sur les anomalies astrophysiques.

— Et je pense moi que tu es très fatiguée et, surtout, qu'il faudrait faire réviser sans tarder notre Oméga L6 de fond en comble. Un dateur en code d'erreur, un artefact ponctuel sur le moniteur vidéo, que sais-je encore ? Pour l'instant, si l'hypothétique anomalie densitométrique inquiète un tant soit peu la base et qu'ils jugent préférable d'abandonner un tel receveur, je m'incline.

— Un peu tard ! ajouta Shoran avec un mauvais sourire.

— Comment, un peu tard ?

— Tu as déjà tiré une capsule, il me semble. Comment vas-tu expliquer sa disparition aux grosses légumes du Centre ?

— Écoute, Shoran, tu m'agaces, voilà ! J'ai raté mon tir, c'est tout. J'ai raté mon tir et ils n'ont qu'à porter cette capsule au compte des pertes.

— Mais tu n'avais pas à tirer, espèce de...

— Zan, tu m'entends ? fit Dirk furieux, en commutant la commande vocale. Tâche de nous retrouver ce qui traîne dans les archives de l'Ancien Continent à propos des imperfections astrophysiques, et plus spécifiquement toutes les vieilleries dont mon grand-père aurait pu avoir à n'importe quel moment la gestion ou un accès lecture.

« Bien sûr, Dirk, les recherches sont déjà en cours », répondit la voix douceâtre et distinguée du haut-parleur.

Et le comble, songea Shoran avec un frisson d'écœurement, c'est que *ça* se permet d'appeler les gens par leur prénom. Les fêlés de la programmation biotronique nous feront un jour confondre notre mère et le réfrigérateur !

*
* *

Les jardins du Centre de Coordination s'étendaient à perte de vue autour des bâtiments de contrôle Oméga. L'horizon découpé d'arbres géants donnait à l'ensemble une impression de plénitude et de tranquillité. Au sol, entre les vastes pelouses d'où montaient par instant des éclats de voix étouffés, une profusion de fleurs bordait les sentiers en lacets.

Comme la plupart de ses collègues, Peter Hayeston venait tout juste d'abandonner son travail et se dirigeait maintenant vers sa table favorite à l'abri des bosquets. Pour déjeuner *à l'extérieur*, comme l'on disait ici. En dépit du fait que les jardins du Centre étaient situés à plus de deux kilomètres sous le niveau du sol.

Il y avait bien longtemps d'ailleurs que plus personne n'osait s'aventurer en surface sans la protection d'un équipement de sortie, toute activité viable ayant peu à peu et par nécessité pris place dans l'immense labyrinthe des cavernes artificielles creusé sous l'écorce mourante de la planète.

Pour les jardins du Centre, le raffinement de la gigantesque reconstitution avait été poussé à l'extrême. Il fallait être fin observateur pour déceler la tromperie et apercevoir, par chance, au travers des volutes de l'épais plafond de brume, la voûte de la caverne à plus de quinze cents mètres du sol. Plus tard dans l'année, les puits climatiques allaient progressivement déverser plus de vent, un peu de pluie et même quelques flocons. « Afin de maintenir les rythmes chronobiologiques et vous redonner le goût du printemps », affirmaient les responsables du département Environnement.

— Mais cette fois-ci, ils ne m'auront pas, songea Peter. Promotion ou pas, c'est décidé. Aussitôt qu'ils commutent la phase d'hiver, je file sur la première colonie extérieure venue. Non, pas la première venue : Vega ! Les plus belles plages de l'Univers et un soleil comme une caresse. Il paraît que le sable est tellement fin qu'il vous moule le corps sans qu'on en perçoive le contact. Comme en apesanteur, mais avec la chaleur en plus, bien sûr.

C'est au moment où il s'apprêtait à piquer une tête dans la mer azur de Vega que retentit le buzzer de son cherche-personne. Avec la tonalité d'un appel prioritaire.

— M..., zut et flûte, jura Peter. Ils ne peuvent donc jamais fiche la paix aux gens. La trêve du déjeuner, c'est pour tout le monde ! Bon sang, qui que ce soit, « il » va m'entendre. Et il se mit un peu à l'écart pour prendre la communication.

« Il » n'entendit rien. Le grand patron voulait rencontrer Peter Hayeston sur-le-champ.

— Oui, monsieur le Secrétaire, [...] non vous ne me dérangez nullement, [...] bien sûr [...] certainement, je pars à l'instant même, monsieur le Secrétaire, [...] d'accord, dans les jardins particuliers de monsieur le Président ! Oui, c'est parfait. Au revoir, monsieur le Secrétaire, mes respects.

Ce n'est qu'après avoir remis machinalement en poche son cherche-personne qu'il ressentit la nécessité urgente de s'asseoir. Partant comme une vague de l'extrémité de ses oreilles jusqu'à la pointe de ses orteils, l'adrénaline faisait des ravages.

Il s'attendait bien un peu à ce qu'on le convoque un jour ou l'autre, mais pas aussi rapidement. Et pas à l'improviste. Encore moins chez Papa en personne. Brr, que de sensations désagréables pour une heureuse nouvelle. Mais que voulez-vous. Pour la première fois, et certainement la dernière de sa carrière, il allait approcher monsieur le Président. Peu de monde au Centre pouvait s'en vanter. Un honneur rare, surtout pour un grade 012. Et personne n'eût désiré, en cet instant solennel, avoir à tendre une main moite, à déglutir bruyamment dans un col d'uniforme trop serré ou ne pouvoir bredouiller que quelques syllabes inaudibles en guise de remercie-ment. Non, il s'agissait de faire bonne figure, même d'impressionner si possible.

À trois reprises, il inspira profondément l'air tiède et parfumé des jardins et entreprit de se remettre lentement debout en éprouvant la solidité de ses jambes. Il fallait faire vite, on l'attendait peut-être déjà.

Peter se mit immédiatement en route, songeant, pour s'occuper l'esprit, à la tête que feraient demain ses collègues en apprenant la nouvelle. Allez, courage, mon vieux ! (il parlait presque à voix haute).

Ce soir, ce ne sera plus qu'une vieille histoire. Mais bon sang, si au moins j'avais la moindre idée du grade qu'ils vont m'octroyer ?

Au premier abri public sur son chemin, il enfourcha un aéroscooter et partit silencieusement au ras du sol en direction des Quartiers Présidentiels. Le voyage ne lui prit que dix minutes, mais elles lui semblèrent une éternité. Son stress n'avait cessé d'augmenter et grimpa encore d'un bond lorsque, arrivé à l'entrée des jardins particuliers, la grande barrière vitrée s'ouvrit instantanément à son approche. Le contrôleur d'accès avait manifestement été informé.

De l'autre côté de la barrière, un homme se tenait debout, immobile. Peter ne l'avait pas remarqué tout de suite et sursauta en le voyant s'avancer. L'homme lui tendit une main en guise de bienvenue, l'enserra amicalement par l'épaule de son bras libre et, l'entraînant dans sa marche, dit simplement :

— Monsieur Hayeston, bonjour, nous vous attendions.

C'était la même voix que celle entendue quelques instants plus tôt. Ce doit être le secrétaire, pensa Peter. Mais comme on ne lui avait posé aucune question directe, il préféra rester muet, craignant de commettre une bévue impardonnable.

Le présumé secrétaire l'invita alors à se tourner vers deux autres hommes restés un peu à l'écart et Peter sursauta à nouveau de surprise.

— Monsieur le Président, puis-je vous présenter Peter Hayeston grade 012 du Centre de Coordination Oméga.

Et lorsque le plus petit des deux hommes eut fini de tourner lentement son visage dans sa direction, Peter crut défaillir pour de bon en croisant le regard du Président.

Ses yeux étaient d'un bleu clair et profond, braise et glace en même temps, couronnés de sourcils à la fois graves, doux et légèrement froncés d'une autorité innée. Le tout avait l'aspect chaleureux et enveloppant d'amour du parent nourricier, assuré et intimidant du père critique.

Il n'a en tout cas pas usurpé son surnom de Papa, frémit Peter, plus blême que jamais. Et il baissa instinctivement les yeux comme un petit enfant soumis.

— Heureux de vous rencontrer, monsieur Hayeston, chantèrent les lèvres finement sculptées du Président. Nous vous remercions d'avoir pu vous libérer aussi vite.

Peter sentit alors une cordiale poignée enserrer sa main moite machinalement tendue.

— Nous nous connaissons déjà, monsieur Hayeston, continua le Président sans faire mine d'attendre une réponse. Ou puis-je vous appeler Peter ? Votre dossier est très révélateur de votre personnalité. Discret et efficace. C'est ce que j'apprécie le plus chez mes collaborateurs, Peter. Discrétion et efficacité.

Le Président fit une pause avant de poursuivre. Peter respirait mal dans son col trop serré, son visage était empourpré d'émotion.

— Je crois savoir d'ailleurs que l'on vous a confié une équipe Oméga pour le moins turbulente, et que vous vous en tirez fort honorablement, ma foi ! Il s'agit bien du commandant Dirk Wagner et du sous-lieutenant Shoran Lake, qui vous obéissent comme...

Pour la première fois depuis son arrivée, Peter ouvrit la bouche pour tenter de répondre, mais déjà le Président enchaînait.

— Non, non, mon cher Peter ! Ne me remerciez pas. Ceci n'est que la stricte vérité. Et je dois vous avouer que nous nous sentons quelque peu coupables à votre égard. Oui, coupables de ne pas vous avoir utilisé jusqu'à présent au niveau de vos capacités réelles. Vous méritez mieux que cela, Peter. Nous allons à l'instant remédier de part et d'autre à cette méprise du passé. En vous récompensant à votre juste valeur et, vous-même, en nous confirmant votre compétence à finaliser la mission délicate dont monsieur Xonuz va vous entretenir maintenant.

Dans les yeux pétillants d'Hayeston défilait le compte à rebours – grade 10 – de sa fulgurante prochaine ascension – grade 09 – professionnelle et sociale – grade 08 – ...

Le deuxième homme s'était approché. Plus grand et plus mince que le Président, sa peau couleur brun-gris détonait étrangement. Un natif des Colonies Extérieures, remarqua aussitôt Peter. Mais que vient-il faire ici, et quelle est cette histoire de mission ?

L'homme se mit à parler sur un ton uniforme et impersonnel, le regard fuyant, comme s'il débobinait un message préenregistré.

Peter ne percevait ni vraiment le sens ni la finalité des phrases, mais le discours semblait avoir été mûrement réfléchi à son attention et il s'enorgueillit des égards que manifestement on désirait lui accorder.

— Depuis leur création, les Colonies Extérieures ont toujours bénéficié de privilèges particuliers. On ne peut imposer une discipline de fer et une éthique rigoureuse aux pionniers de l'espace qui repoussent jour après jour les limites de l'Empire. Une plus grande liberté leur est implicitement accordée.

Mais les colons payent très cher cette liberté. Aux frontières du connu, les ténèbres de l'infini exercent de mystérieux pouvoirs. La peur oppressante de l'inconnu est permanente et véritablement palpable chez tous les individus, sans exception.

Au moindre incident, elle atteint rapidement le stade de phobie collective incontrôlable. Cette peur pourrait s'avérer plus dévastatrice que les bataillons d'un hypothétique envahisseur.

Je concède d'ailleurs que l'éloignement de certaines colonies les rend particulièrement vulnérables, comparativement à la protection naturelle dont bénéficient les banlieusards du noyau dense autour de notre planète mère. En tant que représentant officiel mandaté des Colonies, je me dois donc de rester extrêmement vigilant et ferme à l'égard de toute menace potentielle aux frontières de nos territoires.

D'autant plus lorsque ce danger ne peut être clairement identifié. Rien ne doit être laissé au hasard pour assurer la défense de nos citoyens les plus exposés.

Nous avons acquis aujourd'hui la certitude que le système planétaire visé par le vaisseau Oméga L6 de votre équipe présente toutes les caractéristiques d'un danger potentiel non identifié et que, par conséquent, il doit être éliminé au plus vite. Différentes possibilités ont été envisagées pour...

— Ah, mais je vous comprends parfaitement, intervint Hayeston. Vous auriez dû m'en parler plus tôt. Je me charge de tout régler dès aujourd'hui !

— Vous allez effectivement tout régler, coupa sèchement le Président, et à la manière dont nous l'entendons.

Le ton de la voix était sans échappatoire, et Peter sentit à nouveau sa gorge se nouer. Le Président reprit aussitôt.

— Ne m'interrompez pas, monsieur Hayeston. Je serai bref.

Notre Empire est en grand danger, un peu par votre faute d'ailleurs. Là-haut dans le ciel survit un monstre, tapi entre les myriades d'étoiles et de planètes qui peuplent les myriades de galaxies. Le fruit du hasard.

Et nous avons été suffisamment malchanceux que pour mettre le doigt dessus. Encore le hasard.

Ceci aurait pu échoir à mon prédécesseur, mais n'ennuiera pas mon successeur. Car le hasard m'a choisi. Et ce doigt du hasard planté au beau milieu de ce grotesque problème n'est rien d'autre que les deux petits rigolos pleins d'initiative de votre équipe Oméga ! Avec, qui plus est, une pleine cargaison de cellules et, à moins de 100 kilopériodes de route, un receveur des plus fertiles.

Voilà, monsieur Hayeston. Le hasard a tissé sa toile et nous en sommes tous prisonniers. En dépit de notre propre volonté de rester libres ou de conduire notre existence sur les sentiers de la rigueur.

Le Président esquissa un sourire malicieux et Peter crut le moment opportun pour intervenir.

— Il n'y a rien à craindre, monsieur le Président, vous pouvez me faire confiance. La procédure de largage n'a pas été entamée et le vaisseau attend mes instructions en position de retrait. Je vais faire revenir Oméga L6 d'urgence à la base, ainsi tout rentrera dans l'ordre. Nous déclarerons ensuite ce secteur « zone interdite ».

— Oh non, mon cher Peter, rectifia le Président avec le même sourire. Des capsules ont peut-être déjà été larguées, vous ne pouvez pas me démontrer le contraire. Une regrettable erreur de conception du contrôle à distance de nos vaisseaux Oméga. Nous veillerons à améliorer cela.

Mais là n'est pas l'essentiel. Cette planète receveur doit disparaître à tout jamais. Il nous faut intervenir immédiatement et sans risque d'échec. L'on m'affirme que la charge motrice de l'Oméga L6 est amplement suffisante pour volatiliser au moins T1000 sinon le système planétaire entier.

Il n'y a donc pas d'alternative, vous seul pouvez conduire le commandant Wagner à se rendre sans méfiance aux abords de T1000. Et là, au nom d'une quelconque bonne raison que je vous laisse le soin d'imaginer, vous lui ferez entreprendre une manœuvre d'approche suffisamment malhabile que pour envoyer le vaisseau s'écraser en surface et volatiliser irrémédiablement les alentours.

Peter Hayeston reçut la nouvelle comme un coup de poing en plein ventre. Il s'attendait à tout, sauf à cela. Sa respiration se bloqua net et son teint vira à l'écarlate. La sueur qui perlait abondamment sur son front dégoulinait en deux larges filets le long des tempes, encadrant un regard anormalement fixe et exorbité.

Quand il put enfin reprendre son souffle et voulut réagir à ce qu'il craignait de n'avoir que trop bien compris, sa voix sortit vibrante d'émotion au seuil de l'audible.

— M..., mais c'est de la folie pure ! Pourquoi faudrait-il en arriver là ? Je ne comprends pas..., plus...

Les autres gardaient le silence, le dévisageant impassiblement. Ses yeux s'embuèrent en repensant au sort de ses amis. Il dut marquer une pause avant de pouvoir se ressaisir. Le ton était devenu plus irrité.

— Écoutez, nous pourrions très bien prendre le temps de rapatrier l'Oméga L6 et envoyer à sa place un véritable vaisseau militaire téléporté ? Je ne sais pas moi, il doit y avoir une foule d'autres possibilités qui seraient préférables au sacrifice de Shoran et Dirk ? Je veux dire le commandant Wagner et Sho..., le sous-lieutenant Lake.

Je me charge de tout. Vous pouvez compter sur moi !

La proposition était adressée au Président, mais celui-ci l'esquiva d'un mouvement des yeux vers son secrétaire. Le fidèle Xavier s'interposa aussitôt.

— Votre logique est touchante, monsieur Hayeston, mais elle dénote d'une bien grande naïveté à l'égard des affaires diplomatiques de l'Empire. Les intérêts collectifs prévalent toujours sur ceux de l'individu. Désolé, mais votre équipe L6 est implicitement condamnée.

Peter sentit la colère déborder en lui. Quel stupide orgueil l'avait conduit tête baissée dans ce piège grossier ! Il aurait voulu lui dire qu'il s'agissait ici d'un problème de vie ou de mort, et non des affaires de l'État ! Sa promotion, ils pouvaient la garder. Mais il resta pétrifié, la gorge nouée de douleur. Déjà le secrétaire continuait imperturbablement.

— Vous savez, monsieur Hayeston, nul ne peut décider à la légère de supprimer purement et simplement un système planétaire entier de la cartographie de l'Univers. Même pas notre Président.

Si nous faisons revenir vos amis, nous devrons alors justifier dans les moindres détails l'envoi d'une charge destructrice importante à destination de T1000. Le Haut Conseil voudra entendre des motifs sérieux, voir des preuves absolues scientifiquement démontrables. Vous en êtes bien conscient, en science rien n'est jamais absolu. Par définition.

Pensez également aux citoyens de l'Empire. Depuis toujours, nous fêtons publiquement avec eux la découverte de tout receveur dont la probabilité atteint le seuil des 0,9. La rareté de cet événement explique son immense valeur affective. Le rêve d'éternité d'Herbert auquel nous sommes tous conditionnés dès notre plus jeune enfance. Et vous voudriez qu'on leur pose la question pour T1000 qui dépasse les 0,99 ? Non, monsieur Hayeston. Nos chances de succès sont maigres si nous rendons l'affaire publique.

Et finalement, pour d'autres raisons dont je n'ai pas à vous révéler ici les motifs, nous ne désirons pas attirer une trop grande attention en ce moment sur la personne de monsieur le Président. Nous ne voulions pas vous en parler au début et nous regretterons autant que vous ce qui va se produire pour votre équipe. Mais dans l'intérêt de l'Empire, cette affaire va se conclure officiellement par un accident. Un regrettable accident, dont plus personne d'ailleurs ne parlera d'ici un mois ou deux. Nous saurons vous récompenser au-delà de vos espérances afin que vous puissiez oublier tout aussi vite.

Peter sentit s'évanouir ses dernières forces. Il aurait voulu crier, frapper, combattre l'injustice de tout son corps. Mais il ne savait pas, n'avait jamais appris. Aucun membre de l'élite obéissante des fonctionnaires de l'Administration n'aurait pu même envisager de recourir à un quelconque débordement physique. La cause était entendue et le verdict définitif. Au bourreau d'exécuter les ordres.

Il baissa lentement les yeux et vit l'ombre de son corps qui se prolongeait au sol sur plusieurs mètres. La mort déjà collée à ses pieds. La nuit tombait sur les jardins présidentiels. Rapidement. Il ne s'en était pas aperçu. Un peu trop rapidement peut-être pour une véritable nuit planétaire. Tout lui parut soudain artificiel, futile. La cité, son travail, sa vie... même le rêve d'éternité d'Herbert.

Sur sa gauche, le Président s'était approché de son secrétaire et donnait manifestement quelques instructions concernant une autre personne. Il devisait comme si rien ne venait de se passer.

— Conduisez-le directement à mes Quartiers Personnels, et avec discrétion. Surtout qu'il n'oublie pas notre dossier confidentiel, insista-t-il.

Puis, se tournant vers Hayeston, avec le détachement anatomopathologique de l'enfant qui observe se débattre l'insecte dont il a déjà arraché deux pattes, il ajouta :

— Vous allez voir, Peter, les preuves accablantes que notre expert a récemment mises en évidence achèveront de vous convaincre.

Xavier s'était déjà volatilisé. Le Président et l'homme des Colonies conduisirent Hayeston à l'autre bout des jardins, sans un mot. Une cabine de dématérialisation les attendait. Elle s'avéra être l'ascenseur le plus profond de la planète que Peter ait jamais emprunté. La transition finale, après une chute interminable, les déposa dans un couloir plutôt obscur. Le silence ici était presque tangible.

Ils se mirent en marche, mais les ultimes forces d'Hayeston ne parvenaient plus à le soutenir et il sombra dans une semi-inconscience. Ils parcoururent d'autres couloirs, franchirent plusieurs barrières, le

Président marchant en tête. Le contrôleur d'accès les aurait bloqués dès le départ s'il n'avait été présent. Peter avançait sur ses pas, comme un somnambule, soutenu du bras par Xonuz qui le rattrapait de justesse à chaque fois qu'il titubait. Il ne gardait aucun souvenir précis de la suite.

*
* *

La clarté plus vive qui baignait la salle ramena Peter à la conscience et, sans qu'il ne comprenne tout de suite pourquoi, resurgit au fond de lui un indéfinissable malaise.

Il tenta brièvement de lutter contre l'éveil, cherchant refuge dans le demi-sommeil, mais déjà son attention était prisonnière du monde extérieur. Il perçut des voix sur sa gauche, entrouvrit les paupières et nota qu'il était assis à une table.

Il crut un instant avoir rêvé, mais Xavier et le Président paraissaient bien réels. Les murs en pourtour de la vaste rotonde étaient couverts d'appareils hétéroclites. En y regardant de plus près, Peter reconnut un modèle de console de contrôle Oméga identique à celle qu'il utilisait pour son travail, ainsi que d'autres équipements moins familiers, mais qu'il avait déjà aperçus au Centre.

Cet inventaire des lieux, pourtant rapide et discret, ne passa pas inaperçu du Président. Papa lui fit comprendre d'un clignement des yeux qu'on n'avait pas encore besoin de lui et revint sans commentaire à ses occupations.

La conversation à ses côtés était loin d'être sereine. L'homme des Colonies et un autre quidam, que Peter devina être le soi-disant expert, échangeaient avec force détails des arguments contradictoires à propos de T1000. Il remarqua avec surprise que Xonuz, précédemment grand défenseur des droits coloniaux, tentait à présent par tous les moyens d'éviter le massacre de l'équipe Oméga L6. Comme si soudain confronté à la réalité imminente du sacrifice d'êtres humains innocents il désirait, vraisemblablement par lâcheté, se désolidariser du complot. Loin donc de s'en faire un allié, Peter ne put s'empêcher de le juger encore plus écœurant que les autres. L'expert avait également décelé la manœuvre et son agacement montait peu à peu. Il tapotait nerveusement du bout des doigts un petit dossier plat et rectangulaire qu'il protégeait sur la table de ses deux mains.

Du crypt, s'étonna Peter, quel support désuet ! Ah, mais oui, ces escrocs ont sûrement nettoyé la banque-réseau informatique du Centre. À l'heure qu'il est, aucune information gênante ne doit subsister à propos de T1000 et la seule preuve qu'il y eut un jour le moindre problème est ici, en une copie unique propriété exclusive de Papa, le roi des machinateurs.

— Ne pourrions-nous pas utiliser un translateur espace-temps pour modifier le passé de l'Oméga L6, rajouta Xonuz, l'air cette fois satisfait de sa trouvaille. On pourrait ainsi contourner l'origine même de tous nos tracas.

Peter Hayeston fronça les sourcils. Quel imbécile ! Le voyage dans le temps ne datait pas d'hier, et pourtant nombre de ses contemporains s'obstinaient à n'y rien vouloir comprendre. Il se sentit du coup plus malin, un peu plus fort. La confiance remontait en lui.

— Vous oubliez le paradoxe, coupa sèchement le Président. Nous ne ferions que créer un deuxième passé différent du premier. Tandis qu'à sa droite Hayeston, moqueur, opinait du chef.

Le Président le remarqua aussitôt et, satisfait de cet apaisement, réattaqua au cœur du débat.

— Eh bien, mon cher Peter, vous revoilà parmi nous ! Je constate que vous maîtrisez également ces notions temporelles complexes. Comme toutes les autres données du problème, d'ailleurs.

Aussi serez-vous à présent d'accord avec moi si je vous répète que notre seul espoir réside dans la destruction pure et simple du système planétaire T1000.

Peter était manifestement absorbé par ses pensées, mais il afficha une mine plutôt sereine.

Le Président interpréta cela comme un signe d'acquiescement et, sans plus attendre d'autre réponse, il se tourna vers l'expert pour lui enjoindre d'exposer son point de vue :

— [...] et qu'on en finisse une fois pour toutes avec cette fâcheuse histoire qui n'aurait jamais dû survenir.

— Eh bien voilà, débuta l'expert, il découle de l'équation d'état, d'un point de vue général, une relation mathématique simple entre le volume de toute substance solide, liquide ou gazeuse et les paramètres de pression et température auxquels cette substance est soumise.

— S'il y avait moyen d'être un peu moins technique ? intervint Xonuz.

— Je vous ferai grâce, poursuivit l'expert, de la description du modèle expliquant les différents états de la matière en fonction des forces interatomiques. Mais il en résulte l'observation macroscopique suivante et bien connue de tous que, pour une même portion de matière, la densité va croissante de l'état gazeux à l'état liquide et ensuite solide. Qu'il s'agisse de corps simples tels l'oxygène ou le cuivre, de molécules plus complexes comme l'alcool, la paraffine... ou que sais-je encore ?

Autrement dit, considérant un volume identique de matière, celui-ci à l'état gazeux pèsera toujours moins lourd que liquide, et moins lourd à l'état liquide que sous forme solide.

Ces propriétés de la matière sont universelles, aussi loin que l'on...

Peter n'écoutait plus. Les idées se bousculaient dans sa tête, par dizaines. Tant mieux si le Président s'était mépris sur son apparente collaboration. Cela n'avait maintenant plus aucune espèce d'importance. Il échafaudait un plan.

La seule solution qu'il pouvait admettre, en son âme et conscience, lui était brusquement apparue quelques instants plus tôt. On la lui avait même partiellement soufflée à l'oreille tout au début. Mais il était alors trop choqué par l'inhumanité des propos que pour y prêter attention.

C'était pourtant évident : « *[...] vous seul* pouvez conduire le commandant de l'Oméga L6 à se rendre sans méfiance... » Bien sûr, Papa ne croyait pas si bien dire !

Lui seul pouvait faire cela. Il était donc également le seul à pouvoir les sauver. Et c'était précisément ce qu'il comptait faire, sans que quiconque puisse l'en empêcher.

Éloigner Shoran et Dirk au plus vite de la planète T1000 allait être assez facile. Il avait d'ailleurs déjà sa petite idée sur leur destination : Vega. Où il les rejoindrait plus tard, en contrebande, lorsque la fureur de l'Administration se serait calmée faute de preuves tangibles à son égard. Qui oserait l'accuser publiquement de ne pas avoir détruit une portion de l'Univers abritant un receveur 0,99 ?

Tant pis pour sa promotion, il n'avait pas réellement de gros besoins. Et l'on pouvait très bien vivre sur Vega de petits métiers, s'ils prenaient soin tous les trois de falsifier habilement leur identité. L'Empire était trop vaste pour qu'on retrouve leur trace avant plusieurs générations.

De plus, il sauvait par la même occasion un système planétaire virginal d'une destruction arbitraire. Xavier, le secrétaire, n'avait-il pas affirmé lui-même qu'on ne pouvait rayer impunément un tel receveur de la cartographie du ciel ?

Et son sauvetage serait irrémédiable. T1000 était situé à plus d'un millier d'années-lumière de distance. Même avec ses coordonnées exactes, l'Administration ne pourrait rejoindre cette planète avant des centaines d'années sans posséder la séquence exacte de passage des multiples portes d'hyperespace empruntées par l'Oméga L6. Information que Shoran et Dirk étaient seuls à détenir et qu'ils maquilleraient dans la boîte noire de bord avant de détruire le vaisseau et de prendre la route pour Vega.

Voilà ! Même si quelques planètes n'avaient qu'une importance très relative face à la vie de ses amis, les sauver renforçait encore sa bonne conscience dans son rôle de justicier. Tout cela – et la douce chaleur du sable de Vega ! – méritait finalement bien qu'il sacrifie une fin de carrière quelque peu honorifique aux côtés des bureaucrates de l'Administration.

Quant aux aspects pratiques de sa manœuvre, il savait déjà comment prévenir discrètement Shoran et Dirk au moyen de leur code de connivence. Les autres détails se mettraient bien en place d'eux-mêmes au fur et à mesure de l'avancement du projet.

Il avait suffisamment fouiné au cours de sa carrière dans les arcanes de l'Administration pour en avoir perçu toutes les faiblesses.

Mais le code de connivence était une invention personnelle. Judicieusement dissimulé, comme un signe imperceptible dans un message d'apparence normale, il signifiait : « Voici les instructions dictées par ma hiérarchie, les copains. Mais faites gaffe, car moi je ferais juste le contraire, ou toute autre chose que, grâce au passé qui nous unit, vous êtes à même de deviner. »

Shoran et Dirk étaient les seuls avec qui il avait partagé ses rêves de Vega. À lui de placer les signes aux bons endroits dans le message pour que les petits futés perçoivent les machinations organisées par la base et sachent ce qui leur reste à faire.

Il fut soudain distrait du cours de ses pensées. L'exposé monotone de l'expert s'était interrompu et le Président, troublé, s'emballait assez nerveusement.

— Attendez, pas si vite, cria-t-il presque. Êtes-vous en train de nous affirmer que sur T1000 la hiérarchie des densités serait inversée ?

— Euh oui, en quelque sorte, reprit l'expert. Ceci est bien sûr tout à fait inconcevable dans l'état actuel de nos connaissances, j'en conviens. La planète T1000 représente un cas unique de l'Univers exploré et elle se révèle être en contradiction avec les lois fondamentales de la matière, vérifiées partout ailleurs. Une aberration ! Mais je suis formel, nous détenons des preuves irréfutables.

Il accentua la pression de ses deux mains sur le dossier.

— Mais, en clair, monsieur l'expert ? insista le Président. Vous nous dites que sur cette planète l'eau solide flotterait naturellement en surface de l'eau liquide ?

— Oui, tout à fait. Je détiens ici même des agran-dissements scanographiques. Ce que nous prenions au départ pour des montagnes enneigées et des glaciers n'est en réalité, par endroits, que de la glace sans assise, flottant librement en surface des mers. Les tests sont formels. Sur T1000, la glace flotte ! Et ceci n'est peut-être que le début de nos découvertes. Je ne peux affirmer aujourd'hui que l'aberration est limitée à l'eau, ni à cette seule planète. Il nous faudra énormément de temps pour vérifier tout ça. Ainsi que pour corroborer ou infirmer les hypothèses sur l'origine du phénomène, telles qu'avancées par le Pr B.W. Dawsen dans le document que vous m'avez fait visionner. L'on ne peut dès lors momentanément exclure sa théorie sur les imperfections ponctuelles.

— Pourquoi fallait-il que cela m'arrive à moi ? fit le Président presque à voix basse. Si une seule de nos cellules atteignait par hasard cette planète maudite, ce serait l'expansion assurée d'une folie sans nom, d'une catastrophe sans précédent. Songez que toute cellule vivante est composée essentiellement d'eau, et vous aurez sous les yeux l'ampleur du désastre. T1000 doit être détruite au plus vite.

Le Président paraissait en proie à une agitation de plus en plus incontrôlable.

— Mais montrez-lui donc les clichés au lieu de discourir, vocifera-t-il soudain à l'expert en désignant Hayeston. Il ne demande qu'à nous aider à présent. Mais montrez-lui les preuves !

Puis, s'étant redressé d'un bond, il agrippa fermement le dossier toujours coincé sous les mains de l'expert et le brandit à la figure de Peter.

— Regardez, bon sang, mais regardez donc, et vous ne douterez plus ! Et l'ayant déposé sur la table devant lui pour déverrouiller la fermeture, il releva aussitôt un regard incrédule.

— Qu'est-ce que ce nom de code ? Ce n'est pas le dossier que je vous ai demandé !

Papa semblait manifestement hors de lui.

— Euh, si si, Monsieur, il n'y a aucun doute, fit timidement l'expert. Seulement, je crois me souvenir que comme personne ne s'était préoccupé de finaliser un code-dossier pour le receveur T1000, le préposé à l'encodage du bureau d'Hayeston a pris l'initiative de le faire personnellement. Les responsables du Centre ont été tellement occupés ces derniers jours...

— Ce n'est pas une raison pour en inventer un !

— Mais vous savez, le protocole qui gère l'accès informatique à la banque de données est assez rigide. Il n'autorise la saisie d'informations qu'à partir du moment où un code-dossier complet ainsi que son alias ont été introduits. Même si la majeure partie du code est générée automatiquement par le système sur base des coordonnées astronomiques, la séquence finale de l'alias doit nécessairement toujours être introduite manuellement. C'est, comme qui dirait, pour valider.

— Ah ! souffla le Président, un peu confus. Encore un problème dont il va falloir que je m'occupe en personne.

— Oui, et l'on ne pouvait pas retarder l'analyse de ces précieuses données, continua l'expert. Alors Henry, c'est le préposé, a choisi Terrence comme alias de code de validation, euh... en l'honneur de son dernier fils, enfin je crois ? Et comme le dernier champ de la zone de saisie n'accepte que cinq caractères, cela donne « Terre ». D'où le nom du dossier. Ce n'est pas bien méchant de la part d'Henry.

— Et c'est même un assez joli nom, rajouta Xonuz. Faites-moi songer à le réutiliser pour une de nos prochaines colonies...

— Il n'en est pas question, hurla littéralement le Président. Personne, vous m'entendez, personne n'utilisera ni aujourd'hui ni jamais le moindre élément relatif à cette planète porte-malheur. Même s'il ne s'agissait que des cinq premières lettres du prénom du fils de votre Henry. Non, non et non !

— Mais calmez-vous, Monsieur, je vous en prie, supplia Xavier en le prenant par le bras. Inutile de s'alarmer, dans moins d'une demi-journée cette « Terre » sera détruite à tout jamais et plus personne n'en parlera !

Un peu en retrait de la table, confortablement installé dans son siège, Peter Hayeston observait la scène avec un sourire amusé.

* * *
* *
*

TABLE DES MATIÈRES

Dépôt Légal D/2019/Jacques Timmermans, Éditeur

Printed in Great Britain
by Amazon

54155407R00145